京大相撲部　まったなし！
たんぽぽの咲く土俵

希戸塚一示
KIDOZUKA Kazutoki

文芸社文庫

目次

第一章　贖罪のまわし

少女漫画では、ファーストインパクトが最悪な人物を大抵好きになる。サスペンスドラマだと、大好きな人や信頼していた人が犯人だったりする。かくいう私も京都が好きでこの地に就職したのに、今では一番嫌いな街になっている。大好きなものが崩れたり、もっとも遠いものだと感じていたようなことを受け入れたり、人とはそういう生き物なのかもしれない。

大学を卒業して、そこそこ名の知れた大企業に就職が決まり、研修期間を経て京都に配属された。出世する見込みがある者は東京本社配属になると言われているが、次に出世する者が多いとされていた京都支社を私は希望した。東京本社配属者が出世するというのは、配属される人数が一番多いという理由もあるし、また多くの新人が蠢《うごめ》く中で目立つのは容易なことではないと踏んで、新人も少なく目立てる京都を選ぶことで出世レースを出し抜こうと思ったのだ。

しかし大きな誤算があった。それは私自身に仕事をする能力がたいして備わっていなかったことだ。

高校では生徒会副会長で、文化祭も成功させたし、生徒会という肩書もあって指定校推薦で名のある大学にもうまく入れたし、大学時代も人気のテニスサークルに入れて第二支部副リーダーにもなったし、アルバイトにおいても出世して社員と同じ権限で金庫を開けたり、シフトを組んだりもしていた。私生活だって彼女がいて大学卒業まで切らしたことがなかった。全てうまくいっていたし、うまくいかないわけがないって思っていた。私は物語の主人公の気分で生きてきた。

京都というところは歴史がありつつ、都会のテイストも持っている感じが好きだった。だから京都を希望したのだが、大阪人の同期に「外見の京都はええ感じに見えるけど、中身の京都はえげつないで。京都はやめとき」と言われてしまった。でも、そんなことを言う大阪人のほうがよっぽど面倒くさいと当時は思っていたし、同じ日本でそんなに差があるとも思えず、京都も余裕だと思っていた。

しかし、大阪人の同期の言うとおり、京都の人はそれまで私をお客さんとして見ていたから優しかったわけで、中に入るとそう簡単にはいかなかった。東京で通用したことが、とことん通用しない。同じ日本でこれほど風習や文化が違うとは、私は知らなかった。何が違うのか、どうすればいいか、聞いてもきちんと教えてくれない。先輩方が多忙なのもあるが、見て覚えろ、聞くなというオーラも強くて、出世争いの猛者がいたとしても、同期が多くて助け合える東京本社にしておけばよかったと後悔しても遅かった。私は人生初の挫折を味わっていた。

京都勤務二年目のある日、私は大きな神社に立ち寄った。松尾大社というところだ。その神社を目指して行ったわけではなく、休日に行く当てもなかった私は、住んでいる西院から京都の中心地とは逆の西方向へ自転車で進んでみただけであった。一年で京都の街と人に辟易し、本当の京都も知らずにへらへら京都を楽しんでいる観光客を見ると虫唾《むしず》が走るので、京都っぽさを避けるように逆方向へ進み、そして大きな川にぶち当たり、渡ったところにたまたま大きな神社があったというわけだ。

私はぼーっとペダルを漕ぎながら、京都人に言われた言葉を頭の中で反芻していた。

「『門に入らば笠を脱げ』って言葉、佐藤君、知ったはる？　その東京訛り聞きにくいから、はよ直しはったら？」

京都弁の「訛り」が好きだと言ったらこのように言い返され、機嫌が悪くなったのだ。京都では何を言ってはよくて、何を言ってはいけないのかが本当にわからなくなってしまって話すのが怖くなっている。だからこうして休日は誰とも会わず、何もしゃべらなくていいところを目指してしまうのだ。

ただ、今考えれば、何もできないくせに、東京風を吹かせて、できない理由を京都のせいだとする態度を取っていた私が全ての原因だったのだとわかるのだが、当時の私は被害者だと思っていたのだ。

学生時代は神社になんか行くのは正月や屋台が出ている祭事の時だけだったし、相当心を痛めていたのだろう。困った時の神頼みと言うが、神頼みをしたかったのだと思う。あとあと考えると神様はこの時の願いをかなえてくれたのだが、その願いがこんなかたちで始まっていることにいったい誰が気付くというのだ。

中へ進んでいくと、境内にたどり着く前に人だかりができていて、そこでは相撲が行われていた。しかしテレビで見る大相撲とは違い、何か見てはいけないものを見ているような感覚を覚えた。

土俵の上にはまわしを巻いた二人の男。片方の男はすこぶる太っており、それとは対照的にもう片方の男はすこぶる痩せていた。誰が見てもおかしい体格差であるのに、真ん中に立っている上下白の服を着て、蝶ネクタイをしているレフリーのような恰好の審判が号令をかけると、痩せている男は何の躊躇もなく太った男に突進していった。が、その勇気も虚しく、太っている男の丸太のような腕から放たれた二発の突きで、あっけなく土の台の外へ飛ばされたのである。

次も同じような対戦だ。痩せているほうは、名前を呼ばれるとメガネを取り、丁寧に足元に置くと、土俵へ上がっていった。少し笑顔のようにも、引きつっているようにも見える表情は、あきらめと達観が混じった何とも言えないものだ。腰元と大事な部分には少し土色に汚れた白い布が巻かれていて、その真ん中につけられたゼッケンには、「京大」と書かれていた。

そうか、痩せている男たちは京都大学の学生なのか。

「相撲も頭を使って勝ってみろ！」

ひとつ前の試合での圧倒的な負けっぷりに、観客からは溜息や失笑、また嘲笑ぎみの応援が飛び交う。

しかしそれに腹を立てている様子もなく、京大の痩せている男たちはポンポン土俵に上がり、ポンポン負けていく。

私も、頭はよくても、スポーツはたいしたことないじゃないかと、周りと一緒になってなぜか上から目線で「まあがんばれよ！」と優越感に浸っていたが、そんな空気が次の大将戦で一変した。

「大将戦、東　川内君、西　北野三段」

段？　よく聞くと片方のチームは段位で呼ばれている。相撲にも段があるのか……。

京大のほうが「君」づけだったのは段位がないからなのかなと思ってぼうっと見ていたら、白いものが宙に舞った。塩だ。塩を撒いたのだ。先ほどから取り組みを見ていたが塩を撒いている選手はいなかった。プロの大相撲でないから塩を撒かないとばかり思っていた。というか逆にいいのか？　塩を撒いても。

撒いたあとに手についた塩を笑顔で叩いて落としている。真ん中にいる審判も、下に座って取組が終わったあと旗をあげている副審のような人たちも何も言わないところを見ると、問題はないようだ。しかし相手の北野三段君は明らかに機嫌が悪くなり、きれいな角刈りの頭の毛が逆立っているように思えるほど怒りが伝わる。それとは対照的に京大の彼の髪は長く、起きたてかと思わせるほど寝ぐせがついている。また、髪が長いだけではなく、髭からすね毛までびっしり毛が生えていて全身毛むくじゃらだ。風貌は歴史の教科書に出てくる縄文人のようである。そして目にかかる前髪を何度もかきあげ、その隙間から見えるその表情は終始笑顔である。何なのだ、この余裕は……。


「はっきょい！」

審判が、かけ声をかけた瞬間。

ゴンッ！

頭と頭がぶつかる音が響いた。それと同時に、今までと同じように一発で土俵際に吹っ飛ばされた。しかし京大の彼は土俵際で耐えた。へえ……一発でやられなかった、と思っていると、次は俵を利用してひょいっと相手の左へ跳んだ。角刈りの北野三段は目の前にいたはずの相手がいなくなり、一瞬止まった。しかしすぐにくるっと京大生のほうに向き直し、突進していく。するとまた相手の左側に跳んだ。まるでスペインの闘牛士のようだ。

「いいぞ！　いいぞ！」

観客は沸いた。今までバカにしていたくせに、手のひらを返したように応援し始めた。順調に思えた。しかし、北野三段が放った張手が京大生の顔を直撃し、京大生の動きが止まった。すかさず北野三段は相手のまわしをつかみ、すぐに身体を引きつけると、京大生の細い体を高々と吊り上げた。すると、
ごん。

大きな鈍い音がした。北野三段が頭突きをした音だ。吊り上げた時点で勝負はほぼ決まっているにもかかわらず、わざわざ頭突きをして、京大生を痛めつけたのである。そしてそのまま、土俵外に派手に放り投げた。

「痛てえ‼」

京大生の彼は土俵下で転げながら大きな声で叫んだが、すぐにすっくと立ちあがり、頭を押さえつつ、テキパキと土俵に戻り、丁寧にお辞儀した。

また会場が沸いた。笑いが大半だったが私は笑えなかった。彼は戦ったのだ。まわし一丁で倍ほどの大きさの猛牛に立ち向かい、そして無残に散った。散りはしたが、

塩という挑戦状をたたきつけて猛牛を挑発し興奮させ、そして興奮した猛牛の突進を何度も躱《かわ》し、勇敢に戦ったうえで散ったのだ。負けたかもしれないが、気持ちでは負けていなかった。私は彼らを笑える立場にあるのだろうか。すごいな。そう思うと、急に自分が嫌になってその場を後にした。

数日間は彼らが受けていた仕打ちが頭から離れなかったが、しばらくすると仕事が私の頭の中を支配し、彼らの存在は消えていた。その後、季節も変わったらしい。寒くなったと思ったら、もう今日は暖かいと思えるようになっているではないか。そうか、私が京都に赴任してきて丸々二年が経ち、三年目に突入したのだ。

相変わらず京都は苦手だ。ずっと東京への異動願いを出しているが、たった二年で、かつ結果を出していない私の願いを叶えてくれるはずもなく、まだ京都で闘わないといけない。

それにしても京都特有の文化は何なのか。まずは住所だ。通りの名前は覚えたが、同じような大きさのまっすぐな通りが四方に続くので、結局どこがどの通りか判別がつかなくなるし、また「上る」「下る」という特有の住所にも慣れない。

今日はせっかく京都に住んでいるのだからと久々に休日家を出て、銀閣寺を訪問していたのだが、哲学の道に差しかかり何となくぼーっと考え事をしてしまい、道に迷った。まあ西に行けば京阪電車の駅にたどり着けるだろうと歩いていたら、何か変なところに入り込んでしまった。

「これは何だ……」

つい声が漏れ出てしまうくらい、異様な通りであった。とにかく、背丈より大きな看板がぎちぎちに並んでいるのである。とても上手い絵があると思えば、落書きのようなものや、まるで殴り書きのようなもの。いやよく読むと面白いやつがあるな。何だこれは？

たくさんある看板を順々に見るごとに、私はどんどんハマってしまい、一つ一つ辿っていき、最後まで見てしまった。あとから知ったのだが、どうもこれは京大の文化とも言える「タテカン」というものらしい。主義主張が書かれているものから、笑わすためだけに描かれたものもあるし、部活やサークルの宣伝も多い。そこで私は見つけてしまったのである。

『君とノスタルジア』
わが相撲部は　三六六日　二十四時間　常に部員・マネージャー大大募集
来る者拒まず去る者追わず

あの相撲部だ。圧倒的弱さを晒しつつも、果敢に向かっていた相撲部ではないか。私の脳内に映像が浮かんだ。玉砕することになるにもかかわらず笑顔で塩をきれいに撒いている彼の笑顔だ。あれは幻だったわけではない。彼らは確かに存在しているのだ。

そう思うと彼らを調べたくなった。どうして彼らがあんなところに出ていったのか。また、あんなにガリガリでなぜ相撲をしているのか。忘れていたくせに気になって気になってしょうがなくなった。

京大だろ？　頭がいいのに、自分の才能のなさになぜ気付かない。鏡で自分の姿を見たら、自分の体型が相撲に向いているか、そうでないかくらいはわかるようなものである。頭がいいと逆にそこに目がいかないのであろうか。

勝手にいろんなことを想像した。想像したが仮説すら立たない。そこで、スマホを取り出し調べてみた。

「京大　相撲部」で検索した。

するとホームページがあった。

京大相撲部へようこそ
三六六日　二十四時間　常に部員・マネージャー大募集
来る者拒まず去る者追わず
強き者よし　弱き者更によし

と最初に書かれていた。あの看板と一緒だ。それにしても、「弱き者更によし」とはどういうことだろう。また「来る者拒まず」とは誰でもいいから来てくれということなのだろうか。さらに見ていく。

己の肉体のみが武器であり防具である相撲
わずかな時間で勝負がついてしまう相撲
他の格闘技では頭突きが禁じ手なのに対し、むしろ頭突きが基本である相撲
そして何よりも日本国技たる相撲
そんな相撲に興味はありませんか？

うーん。「そんな相撲に」と言われても、どんな相撲だ。禁じ手の頭突きが基本だからどうだっていうのだ？　と思いつつ、トップページを離れ、ほかのページの「部員紹介」を見てみた。すると大学四年生が二人。二年生が一人しかいない。私が昨年秋に松尾大社で見た時は、もう少しいた気がするが、この春に卒業したのだろうか。あと写真はなかったがマネージャーが一人いるようで、しかも他大学だ。

次のページである「試合結果」も覗いてみた。試合結果に●（黒丸）が並ぶ。●は敗戦ということだろう。試合結果がテキストである反面、次の「活動報告」のページの画像は相撲の稽古の画像が少しある以外はほとんどがちゃんこ鍋を食べている。ここはちゃんこ鍋部なのか？　と思わせる「活動報告」のところを終えると、最後にこう書かれていた。

さぁ京大相撲部に入ろう！
数は力なり。我が部はあなたの力を必要としている。
稽古見学や体験入部はいつでも歓迎。少しでも興味をもった人、より詳しく相撲部を

知りたい人、何か質問のある人はぜひ連絡ください。思い立って突然土俵に来てくれてもかまいません。

月水木は五時から七時半

土は二時から四時半

週四回の内、来れる日だけ参加すればＯＫ

相撲部はあなたの故郷《ふるさと》でありたい

君とノスタルジア

「君とノスタルジア」という言葉で突然終わった。この言葉の意味はよくわからないが、とにかく頭にこびりついた。「相撲部はあなたの故郷でありたい」と書いているから、そこにかかっているのかもしれないが、しかし相撲部がどうして、故郷であって、ノスタルジアになりうるのか全くわからない。

タテカンがあるということは、この辺りは京大の敷地に面していて相撲部も近いところにあるのではないだろうかと調べてみたら、今いる場所からすぐのところにあった。

ちょっと見に行ってみようという気になり、近衛通りを丸太町駅方面に進み、鴨川であろう緑が見えてきた時、左側に「京都大学課外体育施設」という看板を見つけた。

その門には、こう書かれている。

「本学関係者以外の構内立入りを厳禁する　京都大学学生部」

う〜ん。私が関係者ではないことは明らかである。でも、ここまで来たら見てみたいともじもじしていたところ、後ろから強い視線を感じた。振り返るとクセが強い服装の男がいた。

蛇柄の帽子に、苺柄の開襟シャツ、そして苺の赤に合わせたのか緑のズボン。常人には理解しづらいオシャレセンスを爆発させた奇抜な格好の男に睨まれた私はその場から動けなくなり、門の陰に立ちすくんでいた。

その男は、私のことをなめまわすように見るだけ見ると、躊躇することもなく、門の奥へずんずん進み、金網の扉を開けるとさらに奥に進んでいった。よく見ると男が進んだ先に、屋根が見える。屋根は見えるが、四方の柱しかなく、下はよく見えないのだが土俵があるのではないだろうか。松尾大社で相撲の大会を見た時の土俵も外にあり、その上に屋根があるだけだったので、なんとなくピンときた。あそこに相撲部があるのか。

しかし、この怪しい男は相撲部の何者なのであろう。そう思っていると、男はしばらくして、こちらに帰ってきた。

「もう！　いないじゃないの！」

何か怒っているようで、ブツブツ文句を言いながら門を出ていった。

私は、蛇苺柄男の呪縛が解けたことにより、中に入ってみようという気になった。あれほど怪しげな人物が堂々と構内に入ったのだから、私なんぞ一般人が入ることに何の問題もないように思えたからだ。

門から入り、金網のフェンス沿いに少し進むと、やはり金網の扉があった。これは蛇苺柄男が入っていった姿を見ていたので、わかっていた。鍵もかかっていない。そこを入ると屋根がある土俵が見えた。近寄ってみると土俵はボロボロでヒビだらけだし、土俵の脇には雑草が生え放題で、なんと土俵を囲むようにたんぽぽが咲き乱れている。ここが、私の見てみたかった京都大学相撲部であることを確信した。

蛇苺柄男の言葉どおり誰もいない。土俵の横に小さなプレハブ小屋がある。これは相撲部の部室か何かであろうか。引き戸の上部はガラスになっており中が見えたので、私は恐る恐る覗いてみた。

中は思ったより狭く、二、三人くらいしか入れない狭さだ。所狭しといろんなものが積まれている。奥にあるのは、まわしだろうか。ぐるぐる巻きにされた汚れた大きな帯のようなものが、天井あたりまで積まれていた。冷蔵庫はあるようだが、他に金目のものがあるとも思えない。

　鍵もかかっていないのでは？　と私は扉に手をかけてみた。するとすんなりガラガラと扉は開いた。何という不用心。しかし鍵をかけていないということはたいしたものがないという証拠だよな……と、なぜか私はちょっとだけ入ってみたくなった。そして入ってみた。臭う。汗臭さと埃の臭いだ。いろんなものに埃と砂が被っている。

「汚いな……」

　そう呟いた時である。後ろに気配を感じた。

「そうそう汚い部室ですよって、誰？　新入生？　見学？」

　私はドキッとして慌てた。完全に不審者のようであるし、実際不法侵入だったからだ。私はとっさに最後の「見学？」という言葉に対しての返事をした。

「は……はい！」

　するとその人物は何も疑わず続けた。

「学部は？　名前は？　あっ俺？　俺は法学部四回生で主将の川内。で？」

　学部？　え？　え？　学部って？　どうでもいい。とにかく不審者ではないと思われなければならない。何でもいい。大学の学部？　京大にも文学部はあるよな？

「ぶ……文の、佐藤……です」

　そもそも私は社会人三年目で二五歳だぞ。どう見たら新入生に見えるのだろうか。

でもそんなことはいい。この場を去りたい。去るためにテキトウに答えて切り抜けよう。

　というか声をかけてきた男は、あの試合で最後に頭突きを食らって惨敗していた京大相撲部の彼ではないか。縄文人のようなワイルドな風貌と目にかかる長めの前髪を何度もかきあげるしぐさも当時と一緒だ。私の脳裏に強烈なインパクトを残していった彼の笑顔は、忘れられるはずもなかった。意識していた人物と心の準備もしないうちに遭遇すると焦る。焦っているうちに男は怒濤《どとう》の質問を私に浴びせた。

「相撲は初めて？」

「はい？　初めても何も、やったことないです」

「いい体してるなあ。何かやってた？　当てる！　当てるから言わんといて。格闘技をやってたような……体ではあるけれどぉ……格闘技では……ない、ないってのはわかってるよ。もちろん、球技とかボールは使わ……へんよね。わかるわかる。一人でやる、やつよね。そう一人だから、すい……そう！　水泳やろ!!　な！　当たったやろ？」

　私の顔を見て、表情から違うと判断して、数打って当てただけじゃないかと思ったが、とにかく相手を怒らせてはいけない。

「はあ。すごいですね、よく当たりましたね。それでは……」

と、どうにか去ろうとしているのに彼は聞いておらず、どんどん質問を浴びせる。

「ここに来たってことは相撲に興味があるんよね？」

「はあ、まあ、はい」

「相撲って案外おもろいでしょ？」

「まあ、はあ、どうでしょう……」

たしかに神社で相撲を見た時はテレビで見るより迫力があるとは思ったが、面白いとまでは感じなかった。でも否定してはいけないと思い、曖昧な返事をした。

「少しはやってみたいなって思うでしょ？」

「いや……やってみたいとは思わない……かな？」

半裸になって尻出して、あんな頭突きを食らうようなもの、やりたいわけがないと思って思わず否定してしまった。

「え？　じゃあなんで部室に入り込んでたん？」

痛いところを突いてきた。

「いやいや、相撲に興味があって！」

正確には、相撲に興味があったのではなく、「京都大学相撲部に」少し興味をもってしまったのだ。頭ではわかっているのに、とっさに「相撲に」と限定してしまった。

「そうやんな？　泥棒ちゃうよな。じゃあ興味あるよね？」

「はい」

泥棒ではないよね？　と念を押されたら、もうただの相撲好きを通すしかない。

「じゃあ、ちょっとやってみたいなあ、ちょっとどんな感じか体験してみたい気がするなあくらいは思ったことあるよね？」

「はあ、まあそれくらいなら」

「はい！　やってみたい！　いただきました！　巻こう！　巻いてみよね」

「何をです？」

何のことを言っているかわからなかったが、とにかく嫌な予感がして聞いた。

「『何を』って相撲やってて巻くって言ったら、海苔巻きに決まってるやろ？　今年の恵方は北北東よ！　ってなんでやねん」

「恵方巻き？」

「ちゃうちゃう！　ボケやがな。巻くって言ったら、これこれ、まわし！　まわし！」

えっ？　まわし⁇　って思ったら、プレハブ小屋の中に積んでいる謎のかたまりをひょいっと出してきて、鼻を近づけた。

「うん！　いける」

「いけるって何がです？」

「これくらいの臭いやったら大丈夫」

「え？　臭いで？　え？　これを巻くのですか？」

「あかん？　先輩のだれかが置いていって今は使ってない、いっちゃんきれいなやつ」

「いやいや、きれいではないでしょ？　なんか土なのか、血なのか汚れついてるし、
そうだ！　まわしって洗ったらだめって聞いたことがありますよ！」

洗ってもない、人が使ったまわしかふんどしかわからないものなんて、つけられるわけがない。

「あれはプロの大相撲の話。アマチュアは比較的洗うよ。俺も去年洗ったし」

「去年？」

「まあ、しょっちゅうは洗われへんからなあ。基本は干しているから、太陽の力によってばっちり殺菌されてるから大丈夫！　気にせんでええで」

「さすがにこれは嫌です」

「嫌？　先輩のビンテージまわし」

「ビンテージって、そんないいものではないでしょう。汚いものはちょっと……」

「ビンテージと新品なら新品のほうがいいよね？」

「新品のほうがいいに決まっています」

「わかった！　特別やで」

と言って、その男は、積まれている汚いまわしの山ではなく、違う場所から、まっ

白な真新しいまわしを出してきた。

「よし、じゃあ服脱いで」

「いやいや、まわし巻かないですよ」

「え？　さっき新品やったら、いいって言ったやん？」

「いやそれは、汚いのと新品だったら、新品のほうがいいって言っただけで、まわし巻くとか言ってません……」

「え？　相撲に興味があって、やってみたいのに、まわしは巻かへん？　やっぱりどろぼ……」

「いやいや泥棒ではないです」

「水泳やってたんやろ？」

「はい」

「じゃあ、ほとんど変わらんって。ていうか、まわしのほうががっつり分厚く、股間も隠れるし、着たことないだけで水着とそないに変わらんから」

何を言っても通じない。答えは「はい」しか用意されていない。ここでがんばって「いいえ」を続けても、また超絶丸め込もうとしてくるだろう。

私は疲れた。このやりとりに心底疲れ、「はい」も「いいえ」も返事できないでいたら、返事しない＝イエスという恐ろしい解釈で、「ほい」とまわしの端っこを渡された。そして彼は、丸まっている逆側をぽーんと地面に投げ出した。

「長っ！」

私はその長さにびっくりして、思わず声を出してしまった。

「ショウチョウ」

ショウチョウ？　相撲のシンボル的なことでの象徴？　それとも聞き間違いで「超長」って言った？

「小腸と同じ長さやねん。六から八メートル。小腸も個人差あるけど、だいたい六から八メートル。まわしも同じで六から八メートル。これはたぶん六メートルで切っているやつやな。はい。それ跨いで」

小腸の話に気を取られて、言われるままに跨いでしまった。そしてあれよあれよという間に指示が飛び、それに従い、ズボンを脱ぎ、パンツ一丁になってしまった。

「そうパンツをはいたまま、跨いでいるまわしを上に持ってきて……先に大事な部分をまわしの、そうそう布を広げて大事なところを包むように隠して、はい！　パンツをここで脱ぐ！　そう！　これでうまいこと股間見せんとまわしで包めたやろ！」

売れていないグラビアアイドルが口車に乗せられて、どんどん際どい格好をさせられることがあると聞いたことがあるが、私もそうなってしまっている。たしかにこれで前は隠れはしたが、お尻は丸見えだ。

「お尻の部分は、まかして。まわしを四つ折りから八つ折りにして、お尻に少し食い込ませる。はい、腰までもってきて、四つ折りに戻して、あとはくるくる腰に巻いていくから、回って」

「回って？」

「あんたが回るんやで、くるくると。お代官様が『よいではないか、よいではないか』と町娘の帯をくるくるってほどく……のと逆。逆回転して巻いていくんよ。アーレーって言うのと逆。レーアーって言いながら……はい！」

とりあえず、町娘はほどかれたが、着させられているのだからいいかと思い、そのままくるくると回っていく。まわしって、小腸と同じ長さの一枚の布を四つ折りにして、それをくるくるって巻いているだけなんだと感心していたら、残りのまわしは短くなった。

「お！　ちょうど前までの長さになったな。よし、お腹へこまして」

と言って私の正面までまわしをもってきたあとに後ろに半周戻して、そのまわしの最後の部分を腰に巻いているまわしの下からこじ入れた。

「ちょっと痛いかもやで、身体沈めて」

沈める？　重心を下げるのかなっと思って少し身体をかがめたら、そのこじ入れたまわしの先を彼は、ぎゅーっと持ち上げた。

「痛ててて」

思わず声が出た。股間の布の部分が、まわしの先を持ち上げたことによりぎゅっとしまった。そして、腰に巻かれていた部分もぎゅっと体にフィットした。

「はい、もう一回沈んで。残ったぶん、結んどくから」

見えないからわからないが、残りの部分をまたまわしにこじ入れて、結んだ感じになったようだ。すごいフィット感で、何とも言えない気持ちで意外に心地よい。

私は見事に丸め込まれて、まわしを巻いてしまった。根底に神社で負けまくっていた彼らをバカにしてしまった贖罪《しょくざい》の気持ちがあったのか、社会人として泥棒とまちがわれたくないからか、いや単に意志が弱いからか、彼が上手すぎるのか、とにかく言われるがままにまわしを巻いてしまったのだ。

第二章　京大相撲部勧誘の極意

「で？　どうしたんですか」

　マネージャーであるわたしはこたつに極力身体をつっこみ、口を少しだけ出してそう言うと、すぐさま口をこたつ布団の中にしまった。

　わたしは、この京大相撲部のマネージャーであるが、京大生ではない。神戸の私立女子大学の学生である。わざわざ神戸から来ているのだ。といっても京大は遠いから、イベントがある時に気が向いたら京都に遊びに来る感覚で顔を出す程度だし、何をするわけではない立場である。

　しかし今日は、「マネージャーとして重要な仕事があるから、中畑さんには絶対に来てもらいたい」と、川内から直々にお願いされて来た。

　四月になって、新入生が大学に大挙するこの時期は、各部活やサークルが構内に机とパイプ椅子を並べ、撒き餌代わりのチラシをばら撒きまくり、新入生を網にかけようと必死である。そんな中、ほかの部やサークルが勧誘に割り当てられたスペースに折りたたみ机とパイプ椅子を並べているところ、京大相撲部は、外にこたつを出すというトリッキーなことをしている。

季節は春なのに、とっても寒い。こたつに入るわたしの隣に立つ川内は、ベンチコートを羽織ってはいるがその下はまわし姿で、見ているだけで寒さが増す。それなのに当の本人は寒さなど微塵も感じていないようで、いつもの大きな声で得意げに話しだした。

「もちろん接待相撲よ」

「接待相撲？」

「いかに気持ちよく相撲をとってもらうか、またいかに、あなたが逸材で、うちの救世主なのかってことをね、もう大げさにこれでもかってかたちでやって、気持ちよく帰ってもらうんよ」

わたしはこたつの中から「へえ」と気の抜けた返事をした。

「相撲はね、あんなに簡単に見えて、ものすごく難しい。素人は第一腰が下りへんし、低い体勢を保たれへんのが普通。だから最初は全然うまくいかへんもんやねんな。でも見た目単純やからこそ、できないと自分に才能がないって思ってしまうねん。面白くないって思ってしまうねん。自ら相撲部に入ってくるって人は貴重中の貴重。だから接待してやめさせへんようにせんと」

「でも、そんなんずっとはできないでしょ？　すぐにばれるんちゃいますの？」

口元をこたつから出さずに答えるわたしに対し、川内はニヤッとして得意げに続ける。

「あとでバレていいんよ。あれ？　俺、接待相撲されてたんや！　って気付いた時に今度は悔しいって気持ちになるねん。自分が下に見た者に、負けて去るのは悔しくて、恥ずかしくてでけへんもんよ。飴と鞭やな。それにしても飴ぽっちのあと、鞭ってひどいよな。どっちかいうとすき焼き食べ放題のあとに、鞭くらいかな。いや食べたあとに鞭うたれたら吐いてまうがな」

満面の笑みで話し続ける川内だったが、わたしはスルーした。川内の話が面白くなかったわけではない。まあ実際面白いかと言われれば面白くないのだが、それより何より寒いからだ。

なぜこたつを外に出しているのか。そしてマネージャーとしてどうしてもしてほしい仕事が、この寒い四月の薄曇りの中、外に出した電気も通っていないただの布団がかぶせられたこたつに入ることなのか。

体の前面はまだいい。こたつ布団がある。問題は後ろだ。コートを着ているとはいえ、背中からお尻にかけてすこぶる寒い。そして座布団があるにせよ、地べたからの冷気が直接身体を冷やした。女性に寒さは大敵なのに。

わたしは、カセットコンロで温めているこたつの上のちゃんこ鍋ができるのを、ひたすら待った。早く食べたい。ちゃんこ鍋を食べて少しでも温まりたい。寒すぎる。

「もうちゃんこ鍋できたんちゃいます？」

しびれを切らしたわたしは、鍋に手を伸ばして蓋を取ろうとしながら言った。すると川内は私の手をぴしゃりと叩いて、ドヤ顔で言う。

「いや、まだや。新入生がここに座って、新入生に蓋を開けてもらうことが重要やねん。〝もわ〜っ〟と湯気が上がって、その湯気が晴れたところに鍋の中身が浮かんでくる！　この完成形を見せたいからね」

そんなんまじで知らん。わたしが寒くて震えてること、何で気付かへんの？　イラついたわたしは、川内を責めるように質問した。

「で、今日のマネージャーの仕事って、まさかここで一日中電気も通ってないこたつに入って、新入生に声かけて相撲部に勧誘することですか？」

「七〇点」

川内は点数をつけた。何に対してだろうか。わたしの質問の仕方が七〇点だったのか？　かわいげがないから三〇点引かれたのか？　それともこのあと、どこからか電気をひっぱってくるからなのか？

新入生の勧誘でしょ？　勧誘でなければわたしの問いかけは〇点だろうし。

こたつを外に出して座っているだけで十分トリッキーさが出ている。目立つためのパフォーマンスなんだろうが、それで相撲部員を勧誘できると思っているのか。意味のわからない点数も相まって苛立ちが高まった。

「何がです？　何が七〇点なんです？」

わたしの質問の仕方に対しての点数なら、もっと点数が引かれるだろう。いや引かれても別にいい。わたしは京大生と仲良くなりたくて、京大のインカレサークルとして京大相撲部のマネージャーになったのだから。

いや本当は京大との人脈を持ちたかっただけで、相撲部のマネージャーになる気は毛頭なかった。京都大学の学園祭で声をかけてきた今藤さんの口車に乗せられ、あれよあれよという間にマネージャーになっていた。

京大相撲部のマネージャーに誘ってくれた今藤さんももちろん相撲部ではあったが、相撲部だということはずっと言ってくれなかった。「京大のサークルだよ。サークルの中で遊ぶサークルさ」と言ってはぐらかし、ただのボケだと思っていた。

その今藤さんって人はけっこうチャラくて胡散臭いので、京都大学ということさえ疑っていたし、とても相撲部には見えなかったし、まさか本当にサークル（土俵）の中で遊ぶ（相撲をする）とは思っていなかった。今藤さん目当てで京大相撲部のマネージャーになったのに、今藤さんは三月で卒業してしまった。

私は「毛むくじゃらの京大生と寒空の下、外で電気も通っていないこたつに入るためにマネージャーになった覚えはないぞ！」と心の中で叫び、何か用事をでっちあげて早退しようかなと思案していたところ、意外な答えが返ってきた。

「今日は勧誘しない」

こたつから思わず顔を出した。

「え？　じゃあ、なんのためにこんな寒い思いして座ってるんですか」

「セクシー女優のスカウトって、街行く人に『セクシー女優になりませんか』って勧誘していると思う？」

セクシー女優？　この人は何を言っているのだ？

「誘われて、すぐにやりたかったんです！　エロいことやりたいですっていう変態はいるかもしれへんけど、確率はめちゃくちゃ低いと思うな。そんな人は自らセクシー女優なりたいですって売り込みに来るよ。僕ね、めちゃ調べてん。なんでセクシー女優にならはるのか。気にならへん？　なんであんなことできはるんか」

川内は京都弁特有の「はる」を使っている。セクシー女優に尊敬を込めているようだ。

「めっちゃ勉強してん、セクシー女優のこと。最初のきっかけって、ホスト狂いとかで大借金抱えてもう身を売るしかないって人ばっかりって思ってたら、そうでもないんよ。いろんなパターンあるんやけどね。スカウトはまず『はい』を言わすねん。

ブランドバッグ欲しくないですか、ちょっといい生活したくないですか？　したいに決まっていますよね。そうですよね？　それにはお金がいりますよね。お金欲しいですか？　そうですよね、欲しいですよね。死ぬほど働いてお金得るのと、楽してお金得るのでは、どちらがいいですか？　そうですよね、楽したいですよねえ。ちょっとの時間で大金稼げる仕事ありますよ、話だけでも聞いてみますかって。数時間で普通の会社員が稼ぐ数か月分を一瞬で、『ほい』だよ。しかも化粧したら誰かなんてわからへんし、守秘義務は守られるから、絶対にばれない。一回だけしてみない？　大丈夫、大丈夫。そんなん絶対に、どこのだれかわからへんものってね」

実際スカウトをやっていたのかというくらい、すらすらと川内はしゃべった。しかしわたしは全然納得できなかった。

「そんなんでやります？」

「洗脳やな。ある意味な。『はい』『はい』『はい』って答えてると、そうかもな～ってなりはるねん。今回の新入部員にまわしを巻かせたのも、このセクシー女優勧誘殺法で落としたんよ」

わたしは一抹の不安を覚えた。そんなだますようなことをして相撲部に入れてもムダなのではないかと。ただ川内は得意そうに話しているし、とりあえず寒いし、ちょっと知りたいし聞いてみることにした。

「『はい』『はい』言わせつつ、その答えからさらに突破口を探る。まあ今回やったら、水泳をやっていたという大ヒントをいただきましたからね。水泳なんてまわしより裸に近い。それを毎日やっていた人は、裸に抵抗がない人が多い。だからまわしへの誘いが成功したってわけ。水泳とか体操とか陸上とか、薄い生地でスポーツやっている人は脱がせやすいって、かの大物写真家が言っていたもんな。これはあれよ。偶然やないんよ。雄弁な話術から引き出したワードをもって戦略を瞬時に立てた俺の大ファインプレーなんやからね」

どや顔でこっちを見ている。なんか怖い。褒めてねオーラがすごすぎるのだ。大物写真家が誰を脱がしてきたとかマジどうでもいい。絶対こいつを褒めてやるものか。私は黙っていた。すると全然私の反応を気にもせず、話を続けた。

「そして入り口を探すんよ。まわしを巻いていいという入り口を。相撲はやってみてもいいと思うけど、裸でまわしを巻かせることが最大の難関。まず一番きついことを要求する。そしてそれは無理ですって思わせておいて、じゃあもう少しましなこれならできるでしょ？　って段階をふんでアプローチする。だからあえて先輩の臭いまわしを巻くように仕向けて、無理です！　ってなってから新しいまわしを見せる。きれいにキラキラしたもんに見える。これなら巻いてもいいかなってなったんよ！　いやあ、うまくいった！　それで脱いでくれたんよ！　パンツ！　そしてまわし巻いてくれたんよ。これも一発ダメもとで最難関を提案しておくとやってくれる、こういう場合もあるから、やっぱ言ってみるもんよね」

「で？　そのなんちゃら女優勧誘殺法を今日も相撲部の勧誘に生かすということですか？」

「ん？　それは厳密には違うんよね」

違うの？　なんじゃそら。さっき自分で使ったと言ってなかったっけ？　また苛立つよくわからない答えだ。

「じゃあそのまわしを巻かせた彼は、結局はなんちゃら勧誘殺法ではないんですか？」

「お金で勧誘できるかできないかの差があるやん？　相撲部にはお金ないしね。だから厳密には違うねん。まあ京大相撲部も銭湯の回数券くらいはあげられるけどね。そんなもので入るやつはおらへん」

「じゃあ何をなんちゃら勧誘殺法から学んだんです？」

わたしはお金がなくては使えない勧誘なのに、何でセクシー女優の話をしたんだという、半分呆れ、半分怒って答えたつもりだった。だが、なぜか喜ばせてしまったようで川内は嬉しそうに続けた。

「そこよ。そこなんよ。『相撲部に入りませんか』って聞かれて、入ろうっかなってなるやつはおらへん」

「いるかもしれませんよ」

「それは変態。自ら入ってくる。この前の新入生みたいに自分からやってくる。勧誘なんてせんでも入る。相撲は見るもの。相撲好きってやつはおっても、相撲とりたいってやつはほんとにおらへん。しかも大学から始めようなんて変態しかおらへん」

変態だなんて。まあ川内は変態と言っていいほど変わってはいるのだが、なぜそんなにいないと言い切れるのか。

「そこで学んだことを全て相撲部の勧誘用にアレンジするとね。『楽しいキャンパスライフがいいですよね？　彼女つくりたいですよね？　いいところに就職したいですよね？　なら相撲部ですよ！』ってなる。そうそう、知ってた？　相撲部ってだけで就職めちゃ有利なの？」

「それは知ってますよ。というか今藤さんにも、そう言われました。女子大生が相撲部のマネージャーをしていたというだけで、就職できるからって。就職の最終面接とか出てくるのは重役とかのおじいちゃんが多い。その世代は相撲好きが多いし、女子大生が相撲好きとか言ったら絶対食いつくからって。そこまで考えてはるのに、なんで今日勧誘しないんですか？」

「それはね、京大生ってだけでもともと就職には有利なほうやから、そこまで響かんわけよ。しかも大学一年生から就職の話しても、そんなことより花のキャンパスライフやろってなるやん？」

いや「なるやん？」って言われても、就職に有利と言ったのは川内のほうで、わたしが何か間違ったことを言ったみたいな口調で腹が立つ。

「じゃあ、相撲部に入ったら楽しいキャンパスライフが送れますよって勧誘したらいいですやん」

「その相撲が『ゼロ』やねんからあかんねんって」

「相撲がゼロ？」

「相撲部がほんとはどんだけ楽しいところで、相撲部というだけで就職に有利で、モテモテになれるって言っても、相撲ってのがネックなんよ。いい条件がたくさんあっても、掛け算した段階ですべてが『ゼロ』になるんよ。そうなりたいけど、相撲はしたくないって……相撲なんか半裸で半尻出して、泥まみれになって、かわいがりという名のしごきがまだ存在してて、苦しそうやし痛そうやし、太らんといけなそうやし、余計モテなそうで、いいイメージはないんよ。

京大に入った時点では、最高の世界が待っているって思うんよ、最初は。そう最初はね。しかし現実そうではない。絶望するんよ、キャンパスライフに。勉強しかしてこなかったツケが一気に回ってくるんよ。あのね、もちろんいるで。イケメンで勉強も恋も何でもできるやつ。でも、京大に来る学生のほとんどはそうではない。だいたい目を見て話もできへんやつばかりやないか。そうやろ？　それか人の話を全く聞かないで自分の話ばっかりするやつ。そんなやつばかりやないか」

何でわたしが怒られてるのだろうか。しかも目を見て話さず、自分の話ばっかりするのはお前だろ？　って思っていると、

「そんな時、あのあったかい『ふるさと』がいるねん。『故郷に帰りてえ。あったかい家に帰りてえ。かあちゃんになぐさめてほしいな』って思うんよ。その『ふるさと』がこたつ！」

どういうこと？　こたつが『ふるさと』？

「ここで『相撲部』ってのは出してはおく。でも勧誘はせえへん。あったかいこたつで鍋を美女と囲んで食べた記憶だけを刷り込む。相撲部はいつでも温かいで。美女のマネージャーと優しい先輩がいて、鍋を囲んで、パンダのようにちやほやされることを刷り込んでおくねん。絶滅危惧種やからね、相撲部員は」

まあ絶滅危惧種ではあるが、パンダのようにかわいいほうではなく、知られていない謎の昆虫のほうが近いかもしれないなとわたしは思ったが、美女と形容してくれたことに少し気がよくなっていたので反論はしなかった。

「サークルに入る。でもうまくいかへん。大学生になって好きになった子に振られる。

バイト先でも、同志社・立命館のやつらに恋愛で簡単に負ける。あいつらは俺たちが五教科七科目勉強している間、三科目しか勉強していなかった分、たっぷり遊んで恋には長けてるんよ。そうこうして打ちひしがれた京大生にとって、相撲部はどんな人にもパラダイスだってことだけ今日は刷り込めればOK。こたつに帰りたくなるんよ。あの温かさを思い出して『ふるさと』へ勝手に訪ねてくるのを待つ。金や名誉のためではない。……そうそう、大金がもらえなくてもやる人も意外に多いっていうの忘れてた」

「え？　大金？　相撲やるとお金もらえるんですか？」

「違うよ。セクシー女優さんのことやんか」

まだその話は終わっていなかったんか。というか川内はナチュラルで声がデカいから、セクシーだの卑猥な話を大声で話さないでほしい。

「もういいですよ、その話は」

「いや、これも重要なことなんよね」

川内はいつもどおり人の話は聞かずに続けた。

「居場所らしいよ」

「居場所？」

「友達いなかった人とか、いじめられてきた人とか、虐待を受けてきた人とか。自分のほかに友達も、味方も誰もいなかったような人が、男優さんとかスタッフさんとかにとっても優しくしてもらえる。その人たちのためにがんばれるってならはる人も多いみたいやで」

訳がわからなかった。そんなために、体の隅から隅まで全世界にさらけ出すだけではなく、破廉恥行為をさらすなんて。一生蔑《さげす》まれるかもしれないのに、そんな一瞬の温かさのために、人はそこまでしてしまうのであろうか。私には全く理解できなかった。

「そんな人は特殊ですよね？」

「そうでもないと思うよ。セクシー女優さんってぎょうさんいてはって、〇・五％くらいかな？　だいたい二〇〇人に一人の割合なんよ」

わたしは驚いた。それだけの人がいればセクシー女優になった理由は、お金だけではないのかもしれないと思えた。

「それに対して京大相撲部員はだいたい入学者約三〇〇〇人中、一人か二人。多く見積もっても〇・一％しかいないんよ！　絶滅危惧種、いや絶滅危惧部やでほんまに」

川内はなぜか得意げだった。自分は珍しい〇・一％以下側に入ったすごい人なんだぞと言いたいのか、それともセクシー女優の知識に対してだろうか。まあどちらでもいい。とにかくセクシー女優は、私のイメージしていた数倍世の中に存在して、京大相撲部員は、京大に入ることがまず相当難関なうえに、○・一％以下の確率ということは、思った以上に世間では珍しい存在なようだ。これやったら、勧誘しても意味はないのかも。こうしてこたつで目立つことによって存在をアピールするくらいで、ちょうどいいのかもしれない。

「居場所を求めるというのはわかりましたけど、居場所があるだけで相撲とりますかね？」

　わたしはどうでもいいのだが、あまりにも虫がよすぎるのではないかと思い、ついつい突っ込んでしまった。川内は待ってましたと言わんばかりに続けた。

「そうなんよ。みんなといるのは楽しそう。こうして居場所の入り口までは、訪ねて来させることはできる。けどな、やっぱり最後に裸でまわしというのが最大の山場になるねん。セクシー女優もそう。お金が欲しいとか、有名になりたいとか、居場所が欲しいとか、さまざまな理由があって入り口には来てくれる。けど最後に自分が裸にならなければならない。ここをどう越えさせるか。知りたいでしょう？」

「はあ、まあ」

　生返事をしたが、ここまで来たら聞きたくなってきている。そんなわたしを察してか、川内は、テレビでクイズの答えを発表する直前のＭＣのような顔をしている。そんな憎たらしい顔をして間をたっぷり弄んだ。ほんと嫌いだ、この人。もう焦《じ》らさないでほしい。結果どんなにつまんないものでもいいから、早く結論を言ってほしい。そしてわたしは早く鍋が食べたいのだ。寒いしお腹もペコペコだ。川内はそんなわたしの気持ちを全く汲み取らず、最大のオチへ向けてさらにもったいぶりながら話を続けた。

「まあ現場を見せることよね。本番を行っている現場を。相撲なら試合を、セクシービデオなら……」

「はい、はいはい。それで？」

「稽古はね、稽古はダメなんよね。見てもだめ。気持ちが高ぶらない。現実味を感じない」

「はいはいはい！　それでそれで!!」

わたしはこれ以上、破廉恥なことを大きな声で話させたくなくて話に割って入り、とにかく急《せ》かした。

「お……おう。まあなんや、真剣勝負を見せるんよ。男と男が全力でぶつかり合っている姿を！　あれを見ると奥底に眠っていた何かがたぎるのよね。やっぱり本番はね、たぎるのよね。あっ！　これは相撲のことやで、男と男のぶつかり合いって言ってもそういう……」

「もうわかりましたって！　わたしが下ネタ嫌で急かしてイライラしてるの、何でわからへんのです？　ややこしいからアダルトなほうを抜いて話してくれます？」

「抜く？」

川内がいやらしい顔でわたしの目を見て言ったので、わたしは全力で睨んだ。そこまでしてようやくわたしが本気の本気で怒っていることが伝わったようで、話が真剣モードに戻った。

「ん……うん。相撲って、面白いやろ？　見たらハマったやろ？　中畑さんも。あれは中畑さんだけのことではないねん。相撲は生で見たら結構な確率でハマる。なぜあれだけ競技人口が少ないのに、NHKでずっと大相撲が中継されてて、根強いファンがいるかわかる？　見たら一発でハマりやすい競技やねん、相撲って。普通スポーツを見る時って予備知識いるもんなんよ。野球にしても、投げて打って、どっちに走って、どうすれば点数が入って、何回やるのかとか、全く知らない人に教えるのって大変やし、ルールを理解できないとハマりにくい。

その点相撲はシンプル。裸にまわし一丁。円から出すか、足の裏以外を土俵につい
たら負けというルールは一瞬で理解できるから、いきなり何の知識がなくてもすっと見ることができる。あと、学生相撲は仕切りがない。土俵に上がって、礼をして、塵《ちり》を切ったら、すぐに対戦する。そのスピーディーさが飽きさせない。だいたい数秒。そして身長・体重全く関係なく土俵で対戦するから、バラエティーに富んで面白い。

でしょ？　そんな中、知ってる人が、みんなの注目を一点に集める土俵で、派手に勝ったら『すごい！』『かっこいい！』ってなるんよね。やっぱり男って闘争本能があってね。戦っている姿見たら自分もやりたくなるもんなんよ」

確かに、って思った。京大生に近づくためだけにマネージャーになり、稽古も見に行ったこともなく、飲み会に顔出すくらいだったわたしに、今藤さんは試合くらいは来てと言い、最初はしぶしぶ行ったのだが、全く相撲に興味を持っていなかったわたしですら、ルールはすぐ理解できたし面白かった。少し見ているだけで、勝った！負けた！　惜しい！　あんな体格差でかわいそうとか、めちゃ太ってるのに弱いとか、わーきゃー言ってはしゃいでしまった。スピーディーな展開で面白かったのは確かだし、だから相撲部のマネージャーを続けてもいいかなって思っている節がある。

「セクシービデオで例えるとね……」

あれだけ怒って話さないでと言ったのに、またそのワードを出してきたのでこたつをひっくり返してちゃんこ鍋をぶちまけて帰ってやろうかと思ったが、相撲の説がしっくりきたので、もう最後の我慢をして聞いてみることにした。

「きれいなスタジオ。優しいスタッフ。かわいい服。ほかの人の撮影を見せて、スポットライトを浴びてきれいに映る自分を想像させるらしい。スタッフに囲まれてその真ん中で輝いているように見せる。だからセクシービデオのデビュー作は海外でロケして撮影することも多いねんな。異空間の演出やね」

「へえ」

わたしは短い相槌を打った。これは今までの興味がない「へえ」ではない。セクシー女優さんを想像して応えた「へえ」であった。彼女たちは自分を模索し、答えを求め、たまたまそこにたどり着いただけなのであろう。わたしの理解しうる範疇を超えたモンスターのように思っていたが、彼女たちも人なのだと感心したことによって出た「へえ」でもあった。世間的には間違った選択かもしれないが、彼女たちは前に進んで懸命に生きているように思えた。

「はあ……」

わたしは深い溜息をついた。すると川内は、

「そやよね。そろそろ鍋食べないと、寒いよね」

といつものごとく鈍感力を発揮しているが、たしかに鍋はずっと食べたくてうずうずしていたから否定しなかった。川内は立ち上がり、ちゃんこへの誘導を始めた。そうしていると、こちらを物珍しそうに見ている新入生っぽい男子がいた。川内はすかさず話しかけて、巧みにこたつへと誘おうとする。

「お？　新入生？　ちゃんこ食べてって！　温かいちゃんこ鍋、食べてってや！　一緒に鍋を囲もうではないか！　お金なんかとるわけがないやんか。全国六〇万人の受

験生の頂点を極めた君の入学祝いがしたいだけやで。僕たちはそういう団体さ。さあ温まっていってくれよ！　相撲部の勧誘？　せえへん、せえへん。今日はみんなにちゃんこをふるまっているだけやで」

新入生は促されるままに鍋の蓋を開けた。玉手箱のように白い湯気が一気にもくもくと寒空に上がり消え、その玉手箱の中では肉や野菜が早く食べてくれとばかりに踊っている。

「うわあ！　おいしそう」

私は一番に声を出した。それにつられて新入生も、「おいしそうですね！」と続いた。温かい出汁は五臓六腑から毛細血管まで伝わり、しわしわだった身体にしみわたり、隅々までぽかぽかになった。新入生は本当にこの鍋に帰ってくるのだろうか。鮭は稚魚を放流しても〇・二％ほどしか帰ってこないと聞く。鍋の撒き餌に釣られる新入部員の数はまだ未知数だった。

第三章　再びのまわし

私は「またも」まわしを巻いてしまった。前回は「まわしを巻く・巻かない」なんて考えをもっていなかったから、隙をつかれて、巻くはめになってしまったが、今回は明確にまわしを巻かないという意志をもっていた。にもかかわらずだ。

四月も下旬に入り、新年度の仕事のドタバタが少しおさまった頃、ようやく重い腰をあげ、あの時強引にプレゼントされてしまったまわしを持って謝りに来ただけだったのだ、嘘をついていましたと。私は京大生ではない、京大の相撲部の皆さんより年上の二五歳のサラリーマンなのですと。

不法侵入者と勘違いされないように、嘘を嘘で上塗りしてしまったことを。そして初めて相撲をとったにもかかわらず、大きな力士にも善戦していた京大相撲部員川内に勝ちまくり、相撲部の救世主だと一瞬でも喜ばせてしまったことを謝りに来たのだ。

伝える内容を頭で反芻《はんすう》しながら、京阪電車に乗っている。なぜ最初に言わなかったのかと追及されそうで緊張する。きっちり精算しなくてはいけない。ここで逃げてはいけないと己を鼓舞しながら、最寄り駅の京阪丸太町駅で降りた。

家を出た時には小雨が降っていたのに、地下の駅から地上に上がると、すっかり晴れていた。緑を見ながら少し歩くと、もう着いてしまった。「京都大学課外体育施設」という看板がかかった門から土俵の屋根が見える。この門をくぐると後には戻れない。一瞬躊躇し、門をくぐらず、少し近衛通りを東にそのまま進み、フェンス越しに見えるところまで行って土俵の様子を見た。川内らしき人物ともう一人がすでにまわしを巻いて準備運動を行っているようだ。もう一度大きく深呼吸をして、門のほうに戻って、門から京大の敷地内に一歩踏み入れたその時だった。

「お！　救世主！　よく来た！　よく来た！　救世主！」

目敏く私を見つけた川内が声をかけてきた。声が、デカい……。そして、恥ずかしい……。私はすぐにでも彼の大声を止めたかったが、まだ話をする距離ではないので、会釈をしながら急いで土俵に向かった。

「救世主ですよ！　話していた救世主！　来てくれたんですよ！　嬉しいなぁ」

その間にも川内は、近くにいたもう一人に大声で話しかけている。私は恥ずかしいやら、申し訳ないやらで、さらに急いで彼らに近づいた。

「こんにちは……」

私は二人に挨拶をした。

「救世主！　よく来てくれた！　文学部の佐藤君やったっけな？」

川内は満面の笑みのまま、最初に私に気付いた時と同じ声量で言う。私はその声量に圧倒され、これは早く謝って去ったほうがいいと思い、彼に負けないように大声で言った。

「申し訳ございません！」

言うや否や、勢いよく頭を下げる。

「僕は謝られることをされた覚えはないですよぉ。頭、上げてください」

それでも私は彼のペースに呑み込まれまいと、腰を折ったまま言葉を絞り出した。

「私はその……その救世主ではないのです。はい……というか救世主には絶対になれないのです……。と言いますのは、文学部の佐藤ではありませんのです……はい。そうなのです……はい」

「じゃあ法学部の佐藤君？　ていうか、頭、上げて上げてー」

その言葉に、私はおずおずと頭を上げた。

「いいえ。学部ではなくて」

「わかった！　三回生でしょう？　たしか佐藤賢って名前の奴いたもの」

「いいえ……えっと根本的に学生ではないのです……はい」

とりあえず言った。言ったのだが私はあれほど頭で順を追って説明する練習を行ったのにもかかわらず、川内の勢いに押されて頭が真っ白になって、テンパってしまった。これだからダメなんだ。いつも練習どおりにいかない。自分自身の根本を否定し落ち込んでいるのに、川内は笑顔でこう言った。

「へえ、じゃあ浪人生？」

どういうことだ？　私の説明が悪かったせいではなく、見た目で大学に入学すらしていない、年下の浪人生として見たようだ。私は若く見られたことに、さらに落ち込んだ。もう社会人になって三年目になるのに、まだ学生ですらない浪人生に見えるだなんて。

「いえ、もう大学は卒業していて、今は社会人の二五歳です……」

「へえ、そうやったんや。たしかに老けた新入部員やとは思ったからね。残念やわ」

川内は顔色一つ変えず、周りに聞こえる大声で続けた。私は大声で「老けている」と言った川内に少し腹が立ったので、

「老けているってわかっているのに大学生だと、なぜ思ったのですか？　京都お得意の『いけず』ですか」

と皮肉で返してやった。しかし、当の本人は全然気にしている様子はない。

「いやいや僕は滋賀出身者ですからね。京都人にいけずされている側ですよ。だから

いつも琵琶湖の水堰き止めて京都の水道止めたるからな！　て言い返してますねん。そ堰き止めたら琵琶湖の水が溢れてしもて滋賀県が琵琶湖に浸かってまいますやん。そやから実際には止めませんやん！　って俺に止める権利ないですやん！

え？　何でしたっけ。そうそう。佐藤さんが老けてても大学一年って思ったかは、京大は多浪で入ってくるなんてざらやからですよ。って二五歳なら年相応で老けてませんやん！」

彼は急に関西弁口調を強くして、独りノリツッコミをし、自分の言ったことがさぞ面白かったのか大笑いしている。私は愛想笑いをし、とにかくここから早く去ろうという意識になり、早口でまくし立てた。

「というわけですみませんでした……まわしを返しに来ました。それと、これを皆さんで食べてください」

頭を下げ、目を見ずにまわしと菓子折りを川内に突きつけ、そのまま踵を返して帰ろう。そう思った時、頭の上で予想していない言葉が聞こえた。

「まわしなんて返さなくていいですよ。それより今日は何か予定ありますか」

「予定ですか？　特にないですけど……」

用意していなかった問いかけだっただけに、私は素直に答えてしまった。すると川内はさらに大きな声で言った。

「じゃあ今日もまわしを巻いて相撲をとりましょう！」

「え？　私は京大生ではないですけど？」

「ええ。わかってますとも。京大生かどうかなんて、関係ないですよ。相撲面白かったでしょ？　我が京大相撲部は『来る者拒まず、去る者追わず、強き者よし、弱き者更によし』というモットーですからね。全然問題ないです」

彼が何をもって問題ないと言っているのか、よくわからなかったが、適当に「相撲はたしかに面白いですよね」と答えた。

「そうでしょう！　相撲は面白いですよね！」

私が勢いに呑まれていると、川内は間髪入れず続ける。

「相撲のいいところは、誰でも受け入れるところなんですよねぇ。特にここ京大相撲部には、女性で相撲をとりに来はる人もいますし、いろんな人が来はります。現にそこにいる冬井さんなんて、学生かどうかも知らないし、僕からしたら何してはる人かも知りませんもの……」

私は「え？　そこにいる人って……」と思った瞬間、「ひゃ！」と変な声を上げてしまった。『現にそこにいる冬井さん』という人物が、現にそこにいたのだ。

今の今まで全く気付かなかった。いつの間に私の真後ろまで近づき、立っていたのにもだろうか。最初に土俵を見た時に、川内と土俵近くにいる人物を確認していたのにもかかわらず、川内の圧が強すぎて、もう一人の人物の存在を消してしまっていた。それだけにびっくりして奇声まで上げてしまった。

その人物を見るとまわしを締めていたが、とても相撲をとる人の体型には見えない。ほどよい引き締まった身体ではあるものの、体重は六〇キロあるかないかくらいだろうか。さらに背も小さく一六〇センチもない。私の身長が一八〇センチあるので余計に小さく思えた。この、小さいが年齢不詳の冬井という人物がぼそぼそ話し始めた。

「僕もね、もう大学生ではないのですよ。でもね、こうしてしょっちゅう相撲をとりに来ています。相撲をとるのは楽しいですよ。この前川内と相撲とられたのですよね。楽しかったでしょう？」

私は思った以上に相撲の才能があったようで、川内に勝ちまくったので、正直に答えた。

「まあ楽しくはありましたが……」

「楽しかったら何の問題もありません。さあ、まわしを巻きましょう」

そう言った冬井は、駄々をこねる子供のように私の服の袖をつかんで、引っ張っていこうとしている。いやもう相撲はいい。結果的に期待させたことは悪かったと思ってはいるが、私が相撲をして彼らに何の得があるのか。私はここから去りたいばっかりに言葉を発した。

「これから行くところが……」

するとと冬井という小さき男は表情一つ変えずについてくる。

「先ほど用事はないとおっしゃっていたようですが」

「いえ……今思い出しました」

私が慌てて言うと、「何のです？」と冬井の返しは脊髄反射のスピードで、もういい返しが何も思い浮かばず、私は論点を逸らした。

「救世主と思わせたことは申し訳ないと思っていますが……というか、私は学生ではないのだから、あなたたちにメリットなんて何もないじゃないですか」

そんな無理やりな論点逸らしにも全く動じず、冬井はまた素早く返してきた。

「相撲をとる仲間が増えるだけで我々は嬉しいのです。稽古相手はいつも同じ。だから一人でも違う相手と相撲をとってみたいと思うのです。今日だけでもいいです。用事もないのでしょう？　もう一回くらいとりましょうよ。私は救世主の実力を肌で感じてみたいのです」

冬井はいじいじと私の袖口を引っ張り続け、駅前で帰りを拒む恋人のように上目遣いで顔を覗き込んできた。

「……今回だけですよ」

私は折れてしまった。まあ、彼らのために、胸を貸してやってもいいか。今回も贖罪の気持ちがあったのか、これで最後だしと魔が差したのか、またまわしを巻くことになった。

しかし、違っていた。前回と明らかに違う。そう……相撲をとっても楽しくないのだ。

楽しかったからもう一度だけとってあげてもいいかなって思ったのに、全く楽しくない。原因はすぐにわかった。小さき謎の男、冬井が私を不愉快にさせているのだ。彼は私よりはるかに小さいのに強い。勝てない。何度やっても勝てない。そして私はすぐに息が切れてしまった。

「しんどいなら、休憩していいですよ」

冬井の言葉に応える余裕もないまま、私は土俵から下りた。すると、ゼーゼー言っているところに、川内が柄杓《ひしゃく》で水を持ってきてくれた。私はそれがどこからきた水で、柄杓がきれいかどうかもわからないのに、がぶ飲みをした。水がとてもうまい。大きく深呼吸をして息を整えようとしている時に、冬井が土俵上から声をかけてきた。

「回復しましたか？　救世主って聞いていたのですけどね。それほどでもなかったのかな」

表情一つ変えずに言う冬井に、私は本気になった。本気になってやってやろうと思った。

あまりに小さいから、こっちは遠慮して立ち合いも本気で当たらないようにしてやったのに、何を調子に乗ったことを言いやがって。相手は経験者のようだし、きっと組んでしまったから負けたのだ。最初から本気でばちーんと当たって一気にふっ飛ばせば、体重差もあるし、こんな小さいやつに負けるはずがない！

土俵に戻った私は、冬井を睨みつけた。そして土俵に握りこぶしをつくと同時に、行司役の川内が叫んだ。

「はっきょい！」

私は、数十センチほどしか離れていない小さき相手に、全力で突進した。「ゴン」という鈍い音とともに目の前に閃光が走り、一瞬視界を奪われる。そして、視界が開けた瞬間、冬井の顔と手が目の前に来たと思ったら、鈍い音と閃光のあと、私は訳もわからないまま、土俵の外に出された。

「あいたたた」

痛みがあとからやってくる。頭突きで頭はずきーんとするし、つっぱりで胸を突かれ胸もひりひりする。冬井は土俵中央にさっさと戻って蹲踞《そんきょ》して待っている。改めて見ても小さい。こんな小さい相手になぜ勝てないのか。

私はムキになって、もう一度チャレンジした。今度は手を出して、かけ声と同時に両手でふっ飛ばしてやる。

川内が声をかける。

「手をついて……」

冬井は先に両手を下ろして待っている。私は息が上がる中、冬井より遅くしゃがみ、自分なりに力が出るであろう足の位置を確認し、頭の中で「ふっ飛ばしてやる……」とつぶやいた。

「はっきょい！」

私は力をためた腕を思いっきり前に出し、手のひらで冬井を突き飛ばす……はずが、空を切った。冬井がいないと思った瞬間。

ドン
大きな音とともに背中に土俵の冷たさを感じた私は、上にあるやぐら屋根の天井を見ていた。何が起こったのか。どうも、立ち合いで冬井がすっとしゃがみ込み、私の手をするりと潜り抜け、足を取って、私をひっくり返したようだ。

「足を持つとは卑怯だ！」

上半身を起こした私が怒ってそう言うと、

「相撲は『こぶしで殴る、髪をつかむ、膝以上の部分を蹴る』くらいしか反則はありませんから、足を持つなんて問題ないんですよ」

と息も切らさないで答えた。

私は挑み続けた。もう一回。もう一回。だが、何度やっても勝てない。最後には冬井は立ち合いで当たってもこなくなった。「はっきょい」のかけ声のあとも動かず、突進する私を受け止めたあと、わざと胸を合わせた。私は持ち上げてやろうと思ったのに、まったく動かない。こんなに小さいのに、うんともすんとも動かない。私がフンフン言ってひと通りもがいたあとに、冬井は「行きますよ」と言って私を軽々持ち上げ、土俵の外まで吊り上げて運んだ。

「冬井さん、強いですね！　相変わらず。鍛錬のたまものですな」

川内は大笑いしながら冬井に向かって言った。それは私へ対しての大笑いではなく、冬井の無双のごとき強さへの感想であった。もう私のことは眼中にないのだ。

「では次はわたくしととりましょう！　佐藤さんは休んどいてくださいな」

冬井がなぜあれほど強いのか。筋肉もそれほどないし、体重も私より確実に一五キロは軽い六〇キロ台であることは間違いない。普通の成人の中でも軽いほうなのに、あの強さはいったい何なのだ。冬井は何か特別なのか……。達人とか師範のような特別な人なのか？

そんなことを考えながら見ていると、二人が「ばちーん」と当たって、一番目は川内が普通に勝った。二番目は冬井が背の低さを利用して、腰にしがみつくようにくっつき、足をかけるようにしてそのまま川内を倒した。

　何番か相撲をとり続けた結果、川内が勝ち越している。川内が突然強くなったのではない、私が弱すぎるのだ。前回私は、川内にわざと負けてもらっていたのだと気付いたら、恥ずかしくてたまらなくなった。土俵下でうつむいていると、川内が声をかけてきた。

「相撲って面白いでしょう⁉」

　たまらなく腹が立った。何が面白いものか‼　悔しい！　悔しくて情けなくてたまらない。そんな私の気持ちを無視して川内は続けた。

「いや、才能あるほうですよ。マジで。僕らは何年もやっているんですから、そりゃある程度は強いですよ。でも最初からあれだけやれるのは、すごいです。鍛えたらすぐに僕らに勝てるようになりますよ」

　さまざまな気持ちでいっぱいの私は、生返事をした。川内はかまわず続けた。

「ここでやめてしまう人……、多いんですよねぇ。普通の人は最初勝てないだけですぐやめてしまうんですよねぇ」

　誰に言うではなく大声で感想を述べたような言い方をしたが、誰かではなく確実に私に対してである。私は誓った。絶対勝ってからやめてやると。その時、以前来た時より土俵脇のたんぽぽが増えているのに気付いた。私には土俵際に咲く大勢のたんぽぽたちが、ゆらゆら揺れながらこちらを見て笑っているように見えて、思わず綿毛を蹴っ飛ばしてしまった。

第四章　土俵上の哲学者《フィロソファー》たち

　四月の寒い日に、こたつに入って新一年生とちゃんこ鍋を食べて以来、一か月ぶりに京都に来た。マネージャーに勧誘されたのが昨年の十月の学園祭で、十一月の学生相撲選手権大会、通称インカレで初めて生の相撲を見たかと思ったら、そのあとは春までシーズンオフだそうで、イベントだけに顔を出していた。というか、相撲にシーズンオフがあるなんて知らなかった。ほかの学校は知らないが、外に土俵がある京大相撲部は冬の期間は寒くて稽古はできないらしく、冬期は筋トレ中心に体を作るそうだ。五月になり、稽古も本格的に始動しているから一か月に一回は来るように言われたので、しぶしぶ来た。

　五月も半ばだというのに新入部員は誰も入っていないようで、京大生の部員は川内、江田、森下の三名のままらしい。この前川内が話していた、強引にまわしを巻かせた彼は入らなかったのか。川内が自信満々に自分の手柄を語っていたけれど、やはり無理やりまわしなんて巻かせるから……。とりあえずこの話は避けておこう。

平日の稽古は夕方の五時くらいから始まると聞いて来たが、各自授業や研究を終えてやってくるようで、五時半過ぎになってようやく全員が集まった。今日の稽古は、冬井さんという試合や飲み会にもよく来ているおじさん一人を加えて四人。こんな少人数でどのように稽古をするのだろうか。日が暮れてくる時間になると一気に肌寒く感じ、まだまわし姿になっていない土俵下に立つ四人を見て、何とも寂しい風景だと思ってしまった。

しかし、それに反して川内は繰り返し私を牽制してくる。

「いやあ、今日はとってもたくさんいるなあ。マネージャーも来て全員揃うなんて、今年度初めてのことで、めでたいなあ。まずマネージャーさんがいるのがホントに……」

「え？　これだけの人で多いんですか？」

わたしは、マネージャーなのにいつも来ていないことをいじられていると思い、嫌味で返事した。

「そかそか、マネさんは稽古をまともに見に来るのって初めてやもんなあ。いつも試合とかイベントとか飲み会とか、そんな時にしか来はらへんもんなあ」

盛大な嫌味で返された。ウザっと思った私は、話を逸らす。

「ほかの大学も相撲部ってこれくらい少ないんですか」

「一部の、ごく一部の一部リーグ校には、部員はうじゃうじゃいて、ほかは少ないもんよ」

　すると二回生の江田が補足する。

「一部リーグ校は全国から推薦枠でたくさん入れていてですね、日大とか日体大とか近大なんかは五〇人くらいいてます。たくさん入れることで稽古相手にもなるし、雑用やマネージャー用としても入れるそうですよ」

　そんなに差があるのか。団体戦に出られるのは基本五人なのに、いるところにはいるんだな。一人でもくれたらうちなら余裕でエースなのに。でも普通、まず京大に入ることができない。京大の偏差値が相撲部の部員獲得に関してはネックなのだ。

「でも、ほかの一部校はそんなにはたくさんいなくて、十人から一五人くらいですし、二部・三部リーグ校で推薦がないところは、ほとんどうちみたいなもんで、推薦制度がないところはどこも毎年部員獲得に必死ですよね、川内さん」

「だいたいはそうやけど、京大はその中でも一番部員集めがきつい大学やろうな。高校野球で全国から推薦で集めてきた精鋭でチーム組んでいる私立強豪校と、地元の頭がいい子しか集められなくて甲子園出場を目指す地方の県立進学校くらいの違いはあるで」

「どんな理由があっても俺は越境入学反対派だ……」

ぬっと現れた冬井が高校野球の話を広げ、川内が応戦する。
「いや高校野球において、プロレベルの子が、地方に埋もれないように目立つ学校に行って注目されるためにも、推薦は必要なんですって」

そこから三人は自分の意見をぶつけ合った。越境入学や推薦制度について話し、各都道府県代表という制度ごと変えなければならないとか、春の選抜のように地区においてて出場校の数を減らすのなら、大阪府と神奈川県は二校出すべきだとか言い合ったかと思うと、野球はすごい、あんな石みたいなものを高速で投げ合って、あんなもの怖くてしょうがないとか、やっているやつの気が知れないとかの話になっている。

わたしからしたらほぼ裸で、頭から相手にぶつかりにいって、コンクリートのように硬い土俵にたたきつけられる相撲をする人のほうが、よっぽど気が知れない。

頭のいい彼らは、とにかく話がどんどん派生していく。話の中で一つ何かイメージされると急にそちらに方向が逸れ、そこからますます違う話になっていく。客観的に見ていると、頭が良いのか悪いのかわからない。
「何で大人たちは、高校野球に潑剌さを求めるんでしょうかね。青春の押し売りというか。あれ嫌いなんですよ」
めちゃめちゃ明るく「毎日青春です！」っていうイメージの江田が意外にもこう言

った。

「いや、あの青春の押し売りっていうのがいいんよ。おじさんからするとね。押し売りでもいい。嘘でもいいから、青春を感じたいのよ。ノスタルジックな気持ちに浸れるのよ」

冬井がおじさんらしい意見を言うと、いつものごとく空気を読まない川内が反論する。

「おじさんのために野球しているんちゃいますからね。しかも強豪校の野球部って、バレたらやばいこと、めちゃめちゃ裏でやってますよ」

一部そういう輩もいるかもしれないが、完全なる偏見である。それでも冬井はめげずに続けた。

「でもね。僕らおじさんにしたら、山奥の県立高校が部員たった一一人で甲子園出場を決め、更に甲子園で勝ちまくった『さわやかイレブン』が忘れられないのよ。あれが高校野球の青春の姿なんよ」

「いつの話ですか？　まあ今の時代に県立高校が、しかも部員がギリギリのところが甲子園出場なんてありえないっすよ。練習もそんな人数だとままならないし、紅白戦もできないし」

と江田が言った。いつまで高校野球の話が続くのか？　稽古はしないのか？　イライラしてきたわたしは、ここがチャンスと思い、相撲へ話を戻そうとしてみた。

「野球も大変なんですね。最低でも九人集めないといけませんからね。相撲はどうなんですか？　最低何人いるんですか。今日は人が多いって言ってはりましたけど、普段部員三名やったら一人抜けるだけで二人になるし、一人でも稽古に来られなかったらどうするんですか？」

するとと川内が嬉しそうに答えた。

「まず二人おったら御の字やな。で、一人になりそうな時はこうして、相撲好きのよくわからない変なおじさんにも協力してもらって稽古する。時間ある時は、ほかの大学の相撲部へ出稽古にも行く。それでも一人しかいない時は、四股、鉄砲、すり足、筋トレとかはできるし、まあ何とかなるものよ」

戻った。相撲に話が戻った。

「いやいや僕は、よくわからない変なおじさんではないですよ」

すかさず冬井が反論する。

それにしてもこの人は、ほんとによくわからない変なおじさんである。今までも飲み会などイベントに来た時も必ずいたので、普通にOBかなと思っていたが、そうではないらしい。そしてどんなに結構寒くても、ビーチサンダルに短パンという格好だった。この人が何の職業でどうやって生計を立てているのか、誰も知らないらしい。

「稽古相手がいるだけでありがたいことなんですよ。だから冬井さんみたいな変な、よくわからない人もありがたいのです。京大は来る者拒まずですから」

「川内君……いつものようにえらい言いようやけど、まあ重宝がられているっていうことだけを聞いておきますよ」

と、冬井は大人の対応をしたが、結局この人がどんな人かわからなかった。

わたしは冬井や二回生の江田には会ったことはあったが、初対面の部員がいた。それは川内と同じ四回生の森下だ。森下は高校野球に興味がないのか、全く会話に入ってこず、ひとり黙々とアップをしていた。

江田や川内、今年度卒業した今藤さんたち先輩のだれも相撲体型ではなく痩せていたので、決して相撲部員には見えなかったが、この森下という人物は、背も体重もそこそこあって、大きい。相撲取りほどではないにしろ、一〇〇キロくらいは体重もあるように見える。顔もごつごつしている感じで、見た目少し怖い。最高学年だし、ここはちゃんと挨拶をするべきだよなって思って、恐る恐る近づいてみた。

「は……はじめまして。中畑です」

緊張して声がうわずってしまった。

「どうも……」

顔をこちらに向けることもなく、体の大きさに反比例した最小の声量で返事があった。

わたしは焦った。川内が最初になんやかんや話しだして高校野球の話になってしまい、ずいぶん時間が経ってからの挨拶になってしまったことを怒っているのだろうか。取り戻さないと。勇気を振り絞って挨拶を続けた。

「神戸から来ました、マネージャーさせてもらっている中畑です。よろしくお願いいたします」

丁寧さが功を奏したのか目線をこっちに向けてくれたものの、小さな会釈をしただけであった。その態度が私をさらに焦らせ、間を詰めなければという強迫観念に駆られて話を続けた。

「お体……大きいですね」

森下は、今度ははっきりとこちらを見たが、すぐに目線を落とした。地雷だったようだ。「大きい」がNGワードか。

「まあデブってことやよね。わかってんねんけどね」

と言って大きなため息をついた。ひ、卑屈……っ。私は少々腹が立ちながらも必死で弁解した。

「違います。がっちりしてはるっていうか、お相撲さんみたいでかっこいいですよ」

「それ一番嫌やねん。相撲取りっぽいって、結局デブってことでしょ？　プロの力士はちょんまげして、浴衣や着物を着て、時代を超えた異世界を演出して、そして異様な強さがあって、かっこいいという状態を作りだしているやん？　ちょんまげもせず、洋服を着て、強くないデブはただのデブです」

「とれない豚はただの豚だ」

卑屈に話す森下に、横から低い声でアニメの物まねをしながら川内がチャチャを入れた。

「とれない豚？」

「相撲をとれない豚。飛べない豚はただの豚でしょ？　名作アニメの名セリフ。それとかけたんやんか。マネさんわからんかなあ。もうめちゃくちゃ面白いよな。江田!?」

「はい！　川内さんさすがです。相撲をとれないと飛べないがかかっているし、飛べる豚ってなんやねんという、暗に制作側への批判も入っていてさすがです」

そんなところまで計算していないように思えるが、空気を読めない川内の乱入で、わたしへの一点集中が分散したので助かった。

「まあでも的は射てるんやけどね。相撲をとっているって言えば、太っていることの免罪符になるから。マネさんも言ってくれたように、力士みたいって少しでも言ってくれたら、ただのデブではないんだよ。相撲のためなのだよって言い訳できるし。そういう意味では相撲はありがたいこともあるかな」

そう言う森下の声量は、相変わらず小さい。

「すごいじゃないですか。森下さんは、相撲のために体重を増やされたんでしょ？」

「いや、相撲はダイエットのために始めたんよ」

どういうこと？　さっき相撲のせいで太っているとか何とか言ってなかったっけ？

わたしは頭が整理できていなくて、オウム返しになる。

「ダイエット？」

「そうね、ダイエットのために入部したんよね。受験期、いや受験前から太ってはいたんやけど、受験期にめちゃくちゃ太ったのよ」

すると江田が臆面もなく言う。

「受験で痩せる派と太る派と分かれますからね。僕はもともとかっこよかったんですが、痩せてさらにかっこよくなりましたしね。脳って使えば使うほどカロリー消費するから痩せるんですよ、普通は」

「なのに森下さんはなぜ太ったんですか」

「脳は使ったけど、逃げに脳を使ったんよね。疲れて休憩したい時に、『腹減った』ということにするんよ。そして腹減っているから今俺は、ラーメンを作って夜食を食べるのだよ、という『テイ』にするねん。家族から『何サボってテレビ見てんねん』

って言われても、お腹が空いて仕方なく今食事をしているのだから、休憩は致し方ないということで、腹も空いてないのに、休憩入れたくなるたびにラーメンだの、レトルトカレーだのを食べていたから、太ったっていうわけ。それで十数キロかな？　増量してもうて……」

わかる気がした。わたしも何かに言い訳して、ダイエットしていても違う理由をつけて食べてしまう。ちょっと安心した、頭いい人たちもその辺は一緒なんだと。いつの間にか普通の声量になっていた森下は続けた。

「入学時に相当太ってしまった身体を痩せさせるには、相当な運動量が必要になるって計算になったんやけど、運動神経がなく、これといったスポーツもしてこなかった僕が、大学から体育会に入ることは無理でしょ。いきなり野球とかサッカーとか。じゃあ痩せるために走るとなると『あのデブ、痩せたくて走ってるぞ』って笑われるやん？　そんなこと思ってたら川内から……」

「そう！　『おまえデブやな！　相撲部入ったほうがええで』って勧誘してん」

すごい言いようだ。怒らなかったのだろうか？

「ムカッときて、『痩せたいから相撲部は嫌だ』と言ったら、痩せたいからこそ相撲部やろ？　って計算式見せられて、相当の消費カロリー量を誇る運動で、かつ、今の体型で運動始めても笑われたりしないのは相撲しかない！　って言われて……そうかなってね」

デブだからいても不自然ではなく、デブだからこそ痩せるために相撲をしろという、わかるようなわからないようなそんな理屈で森下は相撲部に入ったのか。

「体格生かすなら、ラグビーやアメフトもあるように思えますが？」

「いやいやあれは団体競技。俺の運動神経のなさで迷惑かけてしまうし、痩せるのはご法度。相撲は個人の要素が強いので、痩せても迷惑はかけないし、またこれくらいの体重は京大が所属する三部リーグではかなり有利なようやし、世間的にデブって社会のお荷物的に扱われるのに、そこに価値を認めてもらえて、何もせずして自分が役に立つとか、なかなかないやん？　そんな競技。ということで決めたのかな」

「なるほど。で、ダイエットはできたんですか？」

「うん！　二キロ痩せたよ!!」

二キロ？　わたしは思わず声に出しそうになった。最初から太っていて、そこから十数キロ太ったんじゃなかったっけ。二キロなんて、わたしでもすぐに落とせるレベルなんやけど……と思ったが、本人が満足しているようなので、そっとしておいた。

「ほんで……ちょっといいか」

森下が何か不服そうに川内に声をかける。

「ん？　何？」

「さっきの『京大が一番部員集め大変』って言ってたけど、それはちゃうで。分母がちゃうやろ。京大は学生一万三千人くらいやろ？　女子も今増えているっていってもたしか男子が七割で九千人以上おんねん。でも医学部のみの医学大は学生千人くらいやで？　それも女子の割合は、看護科もあるから京大と違って五割とかやで。五百人の中から人集めているんやで。マジできつい。京大なんか田舎の県立レベルやけど、人はまだいてるほうや。離島という限られた範囲と若い人が少ない中での高校が、部員募って甲子園出るようなもん。ほんま医学大相撲部より恵まれている！」

わざわざだいぶ前の話を持ち出してまで、何でそんなに森下は怒っているのだろうか。すると江田が教えてくれた。

「森下さんって基本はあんまりしゃべりはらへんし、おおらかなんすけど、数字が絡むと少しこだわりが出るんですよね」

数字へのこだわりだったのか。

沸点がよくわからないが、川内に京大相撲部に入部する割合がセクシー女優になる割合より少ない、〇・一％以下と聞いていて、部員獲得がトップクラスにキツイ大学だと思っていたが、上には上、いや下には下がいたことに驚いた。けれど、そんなに数字にこだわるのなら、ダイエット目的で相撲部に入ったのに二キロしか痩せていない自分の体重にこだわればいいのに……。

みんなで話をしていたら、みんな急に何事もないようにさっさと服を脱いで、外なのに腰にタオル一枚を巻いただけの姿になった。そして二人ペアになって、片方がまわしを持って、片方がそれを跨いで、お互いに手伝いながら、するするくるとまわしを巻いていった。最後にぎゅうっと身体を持ち上げるほどまわしを締めたかと思ったら、ようやく稽古が始まった。マネージャーと言いながら、稽古を見に来るのは初めてだ。

まずは、準備運動。上から順番に首、腕、手首、腰、尻、太もも、ふくらはぎ、アキレス腱と、とにかく時間をかけ、入念に伸ばしたり、回したりしている。そのあと独自の体操を入念に行った。大きく手を回したり、腰をくねらせたり、ジャンプしたり、とにかく大胆な動きで、全身を使って全ての部分を叩き起こしているように思えた。

それが終わると、伸脚をしてしっかり腰を落として足を伸ばしたあと、土俵にお尻をつけて足を一八〇度近くに広げた。プロのお相撲さんの体は柔らかいと聞いたことがあるが、大学相撲でもこれほど柔らかいのかと感心した。またこの柔軟も、とにかく丁寧に左へペタン、右へペタンと何度も身体を倒し、前にも胸をペタンとつけてしまった。この時点で一五分くらい経過し、水分を補給すると、すぐに四股に移行した。

「腰割って、四股右から……一！」

川内のかけ声に合わせて、みんなが肩幅より少し広く足を広げ、腰を落とすと、身体を左へ傾けて真横に倒し、右の足裏を天へ突き上げた。

普段は気付かないが、四股を踏み、足を上げると、土台になっているほうの足に負荷がかかり、筋肉にうっすら筋が入り筋肉が強調される。そして右足もまっすぐに天に伸びる。

不覚にもかっこいいと思ってしまい、きれいな四股に見とれていた。そんな私の様子を冬井は目ざとく見ていたようだ。

「川内くん。マネージャーさん見ているからって、かっこいい四股踏まないでいいよ。それより、しっかり太ももとお尻に効かせる四股を踏んでくださいよ」

「いやぁ、冬井さんにはバレましたか。かっこつけの四股は足ピーンって伸ばすからたまに足がつるしね。一回だけにしとこっと」

そうは言っても川内がふざけ続けるかと思ったが、すぐに真剣な表情に戻り、順番に十ずつ数えながら、四人はひたすら四股を踏む。全力で一〇〇回四股を踏むことの大変さは、彼らの顔や首から滴り落ちる汗だまりでわかった。

四股を一〇〇回踏み終えたら、誰に何も言わずとも、すり足というものにスムーズに移行した。

最初は腰を落として、ゆっくり丁寧なすり足をして、少しずつ素早い動きのすり足へ移行し、そのあとはテーマがあるらしく「ハズ押し」「つっぱり」「前捌き」「返しておっつけ」など号令があったあとに指定された手の動きをしながら、何本もすり足をした。

そして「出し投げ」と号令をかけたあと、またふざけたことを川内が言いだした。江田が普通にすり足をしているところに「よこはま〜」と言うのだ。すると江田は「たそがれ〜」と言いながら、こぶしをつくり、ななめ下に振り下ろすと、くるっと身体を回転させまっすぐにすり足を続ける。するとまた「よこはま〜」と声をかける川内に、「たそがれ〜」と反応し、こぶしを振り下ろし、身体を回転させる。これを何度も繰り返し、顔は辛さからぐしゃぐしゃになり、肩で息をしている。私は森下に、

「これは何ですか」

と聞くと、

「出し投げのすり足は合図ごとに出し投げの動作をして身体を回転させ、すり足が続くから体力的にきつく、苦悶の表情になる。その顔と出し投げのこぶしを振り下ろすやり方が『五木ひろし』の『よこはま・たそがれ』に似てるからそういう号令になったみたいやで」

「五木ひろし？　また二人がおふざけを考えたんですか」

「いや、随分前から受け継がれている伝統の号令らしいよ。『たそがれ～』と声を出すことにも意味があって、声を出すと力が抜けるんよ。それがいい具合に脱力した出し投げにつながるねん」

と解説してもらった。ふざけることで少しでもきつい稽古を楽にしようということか。

　ここで水分補給をしたので、これで準備運動も終わりなのかなと思ったら、その後、鉄アレイを持ってのすり足、それを終えたら腕立て伏せ五〇回。次はペアになり、片方が胸を出し、片方がぶつかる稽古を何本もして、ようやく準備運動が終了らしい。

「こんなに丁寧にしっかりやるんですね」

　感心したわたしは、水分補給をしている川内に素直な感想を述べた。

「こんなの余裕やね」

　舞台役者かと思うほど大げさな笑顔をこちらに向けてくる川内に、冬井がつっこむ。

「最初、川内はこの基礎練習の段階でついていけなくてね。よくゲロ吐いていたよね」

「もう！　言わんといてくださいよ。『簡単にこなす先輩、素敵』ってマネージャーさんの目がハートになってんすから。僕の恋のじゃませんとってください」

　いやいや、ちょっとは見直したが、川内に恋なんてするはずはない。

「相撲は危険なスポーツやからね。しっかり準備運動しないとさ」

と珍しく真面目な返答がきた。

この時点で一時間ほど費やしているのに、今度は土俵でどんどんぽんぽん、入れ代わり立ち代わり相撲をとっていく。勝ったら、その場に残り、何となく余っている人が次の相手として土俵に入る。

小さい頃大相撲の稽古をテレビで見た時、すごい勢いで我先に我先にと手をあげて対戦相手になろうとしていた記憶があるのだが、京大相撲部は人数が少ないのもあり、顔を見合わせながら、むしろ譲り合う感じでやっている。お笑い芸人が「どうぞどうぞ」と譲るように。そして一番ごとにどうだったか、どうしたらよかったかなど、逐一話し合い反省する。みんなとにかく真剣だ。普段もこれくらい真剣な表情でしょうもない冗談を減らせば、少しは女子にも受け入れられるのではと思えるほどだ。

何度も相撲をとったあと、最後はぶつかり稽古を行った。ぶつかり稽古は一対一で受けるほうと、ぶつかっていくほうとを決めて、ひたすら押し続ける。もう何本もぶつかって押して押して、転がされて、泥だらけで、ふらふらになるまでぶつかり続けてようやく終わる。

全員入れ替わってぶつかり稽古を終えた頃には、二時間半が経過していた。また見直してしまった。これだけしっかり稽古をしているとは思っていなかった。

そのあと、ぶつかり稽古でどろどろになった身体のまま、整理運動としてなのかさらに四股を踏み、みんなが土俵内に円になって、蹲踞して、今日の感想を言い合って、黙想して塵《ちり》を切って、稽古はやっと終わった。

部にはシャワーがないので、稽古終了後は銭湯に行くという。だが、ドロドロの状態ではさすがに銭湯には行けないので、その前に身体についた泥や汗はプレハブ小屋の脇にある水道から延びるホースの水で洗う。冷たい水は傷だらけの体に沁みるようで、みんな悲鳴をあげていた。

ここまでして相撲をとる理由は何だろうか。ここの部員たちは相撲にはいたって真面目だと感心していると、いち早く水道で泥を落とした川内と江田が、まわしをはずしてバスタオルを腰に巻いた。と思ったら、はずしたまわしを肩から腰にかけて斜めに巻きつけて、何か演劇みたいなことを土俵の上で始めた。

危険を察知したわたしは、巻き込まれたくないのでそっと土俵から視線を外し、そこにいた森下にあれは何をしているのかと聞いた。

「あれは、今の流行り。古代ギリシア人のかっこうをまねて、古代ギリシア哲学ごっこをしているんよ」

呆れたように森下が教えてくれた。たしかに、タオルを腰に巻き、まわしを斜めにかけている部分を服に見立てると、歴史に出てくるギリシア人のかっこうに見えないことはない。

「古代ギリシア哲学ごっこですか？　たしかにテルマエ・ロマエのようなかっこうですよね」

「まあ、テルマエ・ロマエならローマやし、古代ギリシアのかっこうとしてはちょっと違うんやけどな」

古代ギリシアと古代ローマの違いなんてどうでもいい。何か思いついたらすぐにやる。それが面白いかどうか、うけるかうけないかはどうでもいいように見える。ただやりたいことをやってみる。それに必ずついてきてくれる江田の忠実さが川内は嬉しくてたまらないようだ。かまってくれるご主人さまにずっとついていく犬に見えてきた。

なぜ彼は、こんなに川内を慕っているのだろう。江田はそこそこイケメンの部類にも入るし、勉強だけしてきましたというような、いわゆる「ザ京大生」ではない。しかし、こうして変人の川内とふざけ合っているところを見ると、彼も変わっているのだろう。何やら、強さとは何かというテーマで土俵を舞台にして「古代ギリシア哲学ごっこ」をやっている。観客は冬井だけ。冬井は何も言わず笑いもせず、じっと見ている。不気味だ。

「森下さん、川内さんと江田さんは、稽古後にいつも、あんなことしているんですか？」

「そうやねぇ。とにかく彼らはまわしを外す時に、漫才というか、コントというか、土俵を舞台として必ず何かしなあかんみたい。前までは悪代官と町娘の寸劇やりながら、まわしをひっぱって、あーれーってくるくるまわしを外すってのをやっていたから、それよりはギリシア哲学者ごっこのほうがまだいいよね」

「何ですかそれは……それは飽きたんですか」

「いや、飽きたわけやなくて、悪代官と町娘寸劇はまわしを完全にくるくるって取ってしまうから、フルチ……いや男性の大事な部分がおっぴろげになるんよ。それを近くの弓道部女子部員がたまたまモロに見てしまって激昂して、体育会定例会で議題にあがって禁止にさせられたのよ」

「そんなこと体育会定例会の議題にあげられたら、恥ずかしくてできなくなりますね」

「いやいや、あいつらが恥ずかしくてやめると思うか？　逆、逆！　あいつら変なプライド持っているから、体育会定例会でも、表現の自由を奪うのか！　って闘ってたから」

「え？　下ネタの寸劇に何のプライドがあるっていうんです？」

「知らんよ。でも京大生って、そういうわけわからんものに固執するところ、あるんよね。この前も別の団体やけど、京大構内の石垣を壊すっていうことに反対して、石垣占拠して、『石垣カフェ』ってのを作っていたから、そういう闘う文化なんやろうなあ」

「闘うのが文化なんですか……」

「まあ大丈夫。いくら表現の自由と言えど、不快に思う人もいる。だから女性の前ではやらないということでおさまったから」

はあ、よかった。そんなのを見せられていたら、絶対今日で京大相撲部のマネージャーを辞めていたところだ。というか、わたしがいなかったらやっているのか。真面目な稽古を見て少し見直したのに、株は一気に暴落した。

森下と話しているうちに、古代ギリシア哲学ごっこは終わったようで、ニコニコの川内と江田がわたしたちのほうに近づいてきた。

「出たで」

何が出たのだろうか。変なものでなければいいがと思っていると、川内は語りだした。

「我々は相撲を取り続けるうえで、勝利を目指していく必要がある。ただその勝利とは何か私は江田に問いかけ、そこから議論を始めた。勝利とは幸福だという答えになり、幸福になろうとするならば、『節制と正義とが自己に備わるように行動しなければならない』というソクラテス先生のお言葉から、節制と正義を追求すべきだってことになってね。節制をしながら正義を追求するには、正義のヒーローのように無償の愛が備わっていない限りそんなことはできやしないってことになって、ええ、だから今日から森下は『モリシタマン』な」

全体的に意味わからん。っていうか、モリシタマン？　何なん、それ？

森下も同じだったらしく、

「なんでやねん」

と一蹴した。しかし、そんなことで二人はめげない。

「愛と正義の探究者として『マン』を名乗ることにした。な！　江田マン！」

「はい！　川内マン先輩！」

「いや、俺たちは同じ愛と正義を探究する者として、先輩も後輩もない。これからは川内マンでええで」

「はい！　川内マン！」

「ええですよね？　冬井マン」

「まあ僕は、愛と正義の探究を普段から実践していますから問題ないです」

よくわからないうちに、苗字の下に「マン」がつけられ、そして、冬井はすんなり受け入れた。森下も勝手にせえと言いながら否定しなかった。なぜ、よくわからないものをすんなり受け入れられるのか。よくわからないのはわたしだけで、ほかのメンバーは理解して受け入れているのか。

「ということで、中畑マン！　よろしく！」

わたしは関係ないと思っていたのに、しっかり巻き込まれていた。

「いやいや、わたしは女子ですし、その『マン』をつけるのはどうかと……」

「たしかに、ジェンダー的にダイバーシティやないね！」

川内がそう言ったので、巻き込まれないでよかったと思っていると、森下が言いだした。

「あんなんありえへんよな」

よかった！　勝手にせえと言ったけど嫌だったのはわたしだけではなかったのだ。

「ええ、そうですとも！　まず意味がわかりませんもの」

「俺が好きなのは、ピタゴラス。だからソクラテスの問答法で出された結論は何となく受け入れにくいよね」

は？　何を言いだしたのか。

「古代ギリシアの哲学はアルケー、万物の根源は何かというところから始まったやん」

いやいや知らんし、何を言っているのだ？　万物の根源？

わたしは目が点になって答えられないでいた。だが森下はおかまいなしに続ける。

「俺はやっぱり万物の根源は数と言った男。ピタゴラスやね」

「ピタゴラス？　万物の根源ってどういうことですか」

「万物。全てのものの根源。まあデモクリトスの原子が当たっているんやけど。古代ギリシア哲学者のタレースは水、ヘラクレイトスは火という、流転するものが根源って考えたのよ」

「原子……ああそういうことですか。でも根源が数ってどういうことですか？」

「占い、好き？」

「え？　まあ、好きなほうですね」

「それも結局『数』やろ？　生年月日を足して数字がなんちゃらやったら、コアラとかライオンとかの動物占いとかも全部結局数字やん。そういうこと言っているらしいよ、ピタゴラスは。全てを数にあてはめて、考えてみるような。コンピューターも0と1の二進法でできているし、あながち間違っていないかもしれへんよ。世の中は数字で全てが語られる。数字は裏切らないからなあ」

はあ。こっちの人の意見も全く理解できないでいると、土俵の向こうから声がした。

『中畑マンレディー』っていうのはどう？

川内が満面の笑みを浮かべて呼んでいる。わたしは貝になりたい。

第五章　西日本学生相撲選手権へのご招待

接待相撲発覚事件によって煮え湯を飲まされた数週間後の日曜日、私は大阪の堺市にある大浜公園に来た。それは煮え湯を飲ませた張本人である川内からの誘いであった。

接待相撲だったと知ったあの稽古後、私は受けた屈辱のお返しがしたくて、松尾大社で京大相撲部がけちょんけちょんにやられていた試合を見たことを伝えた。川内の芳しくない姿をこちらも知っているのだと、イタチの最後っ屁をかましたつもりであったが川内には全く通じず、むしろ彼は嬉しそうに返答してきた。

「あの神社での大会を見たんですか？　僕が塩を撒くところも見た？　嬉しいなぁ。去年の九月やから先輩たちが卒業する前で人数もたくさんいたし、結構強かったんですよ。でもあの大会はしゃーないんです。あの神社で行われる大会だけは勝てへんのですよ。あの大会だけは」

と、自分たちが普段はあんなに派手に負けているわけではないとアピールしてきた。

大会のせいにするとは男らしくないと思っていると、さらに言い訳を続けてくる。

「あの神社の大会は特殊な大会でしてね。団体戦が七人制やし、二部リーグで七人部員揃ってて参加した大学は京大だけでしてね。そりゃ勝てませんよ。京大以外は一部リーグばっかりで、二部リーグの大学いてへんのやったらもう出たないですわ。って先輩卒業して、三人しかいてへんから出られへんか。そや！　五月の最後の日曜日、西日本学生相撲選手権ってのが堺の大浜相撲場であるんです。あれは一部リーグと二部リーグに分かれているから僕らでもまあまあ勝てますから、こっちを見てください」

　彼の相撲を見るために、私がわざわざ大阪にまで行くと思っているのか。行くとも行かぬとも、何にも返事をしていないのに、川内は私が来るという前提でどんどん話を進めた。

「十時から開会式。京都からやと二時間見積もって、八時には家を出てくださいね。あとは……」

「わかりました。行けたら行きますから」

　私は彼の言葉を遮って言った。

「京大は開会式後、すぐに試合ですから遅刻せんようにしてくださいね」

　え？　京都の人が言う「行けたら行く」は「行きたい気持ちはあるけど行かない」の意味だよって教わったはずなのに違うのか。全く気にする様子もなく川内はホースの水でざっと汚れを落とし、すたすたと京大の出入り口の門のほうへ歩きだした。

「とりあえず風呂行きましょう」

前を行く川内にそう言われたが、私はこれ以上彼と話をしたくない。

「家近いから大丈夫です。お疲れさまでした」

私は嘘を言うと、体についた泥をぱっと払い、その上に服を着て、何か話している川内を無視してすっかり暗くなった土俵から走って立ち去り、そのまま電車に乗って帰ったのだった。


行くとも行かぬとも考えがつかぬまま、平日が過ぎ、そのなんちゃら学生相撲大会がある日曜日がきてしまった。「間に合う時間に起きた場合は行く。いつもの休日のように昼過ぎに起きたら行かない」と決めて、前日に目覚まし時計もセットせず寝た。すると日曜日はいつも昼過ぎまで起きないのに、朝七時に目が覚めてしまった。しかも二度寝しようともう一度布団をかぶりなおしても、全く眠気がこない。

三十分ほど布団の中で相撲大会のことを考えないようにと目を瞑っていたが、どうしても気になってしまう。このままだといつもの休日のように、ぼーっとしている間に夕方のアニメが始まり、その頃にはもう心は月曜の仕事に支配されるだろう。そんな苦しい休日を家で過ごさずに、どんなきっかけでもいいので外に出たいと毎週思っているのだからと、やけくそで家を出た。

梅雨入り前にもかかわらず、ここのところ天気は悪く、今日も雨が降りそうで、湿度も高く嫌な空気が肌にまとわりつく。私に恥をかかせた京大生の負けっぷりを楽しみにしている自分がいる反面、全く歯が立たなかった彼が同じような体型の一般人の中（二部リーグ）なら強くあってほしいという気持ちもあり、私は何を見に、何のために行くのかもわからない状態であった。

最寄りの西院駅は、京都のメイン通りの一つである四条通と、北上すれば金閣寺にぶち当たる西大路通りの交差点の地下にあり、交差点は朝から人や車でごった返している。その交差点にある駅入り口階段を下り、阪急電車に乗り、梅田で地下鉄に乗り換え、そして難波でまた南海電車に乗り換え「堺」という駅にようやく着いた。

駅を出ると、とてつもなく大きな体の若者たちが、ぞろぞろと歩いて行き、公園にどんどん吸い込まれていく。公園に入ると右前方にドーム状の屋根がある大きな建物が見えてきたので、私はここが今日の相撲大会の会場であることを確信した。

初めて生で相撲を見た松尾大社の土俵は、土俵を覆う屋根しかなかったので同じようなものを想像していたこともあり、相対的にではあるが、こんな立派な相撲がとれる施設があることに驚いた。

中は、土俵を囲むようにコンクリートの席があり、席は階段状になっているので角度のゆるいすり鉢のような形状だ。古代のコロッセウムのような雰囲気がある。

上のほうの席に着いて腰を下ろした。自由席のようだが、前のほうは各大学が三脚を立ててビデオカメラをセットし陣取っていて、近づきがたい。とくに、一番前にいる苺柄のシャツの人物が異様な空気を醸し出している。そういえば、最初に京大を訪ねた時にいた人物ではないか。京大相撲部の関係者なのだろうか。アナウンスが入り、開会式が始まった。学校名が呼ばれるとぞろぞろとまわし姿の男たちが入場してくる。最初に呼ばれている私立大学の学生は、みんなプロのお相撲さんのような大きな体をしている。

入場が進み、八校目あたりから急に体が細くなり始め、二部リーグの大学だとすぐにわかった。呼ばれている大学名も誰もが知る国立大学や医療系の大学であって、その辺の人より細く見える。

全部の大学の名前が呼ばれ、一〇〇人以上のほぼ裸の男たちが土俵を囲んでいる光景は迫力があった。そこからお爺さんの挨拶や、優勝旗や優勝杯の返還、また別のお爺さんが出てきての長い挨拶を経て、ようやく開会式は終わった。

終わるとすぐ二部リーグの個人戦を行うとのアナウンスがあった。いよいよ始まる。私はパンフレットを持っていないので、いつ京大相撲部のメンバーが出てくるかわからない。それまで飽きずに集中して見ていられるだろうか。

一部リーグの、プロの相撲取りのような本格的な相撲なら、見る価値もあるかもしれない。けれど、こんな細いその辺にいそうな男同士がほぼ裸で、ぺちぺちやっている相撲を見ていられるのか、急に不安になった。

会場にアナウンスが入る。

「二部、個人トーナメント、一回戦を始めます。西　奈良県立歯科大学　柳原君、東京都大学　川内君」

いきなりだ。まさかの初戦が川内であった。ドキドキした。相手は奈良県立歯科大という医療系の大学で、いかにもか弱そうな風貌をしている。それに対して川内は名前を呼ばれてから、わざわざ土俵の端にある塩を取りに行き、土俵に上がるとともに、大きく塩を撒いた。

塩に光が反射し、キラキラと舞い落ちる。会場からは「おおお！」というどよめきが起こった。

土俵に上がるとお互い一礼をし、その場で蹲踞して体の前で一度柏手を打ったあとに、腕を左右に大きく広げた。川内は大きく広げた腕を天に祈りを捧げるようにしながら立ちあがり、祈りを捧げた体勢のまま土俵中央まで歩いたと思うと、急に背筋を伸ばしたきれいな姿勢ですっと蹲踞をした。構えるまでの一連の儀式と笑顔の川内には後光がさしているかのようにさえ思え、すでに奈良県立歯科大学の柳原君を圧倒している。

土俵中央にいる蝶ネクタイの主審が大きな声で言った。

「構えて！　手をついて待ったなし！」

その声で奈良県立歯科大の柳原君は両足を少し広げ、しゃがんだ体勢から上体を前に倒し、左右の握りこぶしを土俵につけ、土下座のような平伏す体勢で待った。一方川内は相手に合わすことなく、相手が平伏すのを見届けたあと、ゆっくり動作を行い、そして同じように足を少し広げ、腰を落とし、右の握りこぶしだけ土俵につけたあと、左の握りこぶしをぶらぶらさせた。川内の左手に観客の目線が集中する。

ぶらぶら……

ぶらぶら……

こつん

川内が左の握りこぶしを〝ごつん〟と土俵についた瞬間、主審が「はっきょい！」と大声を上げた。それとともに、お互いの頭が当たり「ゴン」という鈍い音が響いた。何がどうなったかはわからない。けど、ぐちゃぐちゃっとお互い手を出し合って、川内が相手を土俵際まで追い込んだ瞬間、川内はまわしをつかみ、引きずるように投げ飛ばした。

「おっしゃー！」

私は思わず声を上げてしまった。

会場もどっと沸いた。すごい。かっこいいじゃないか。私は川内のたった一番で大学相撲に引き込まれてしまった。

その後、全然知らない大学の選手たちの対戦が続いたのだが、これもまた面白いのである。私の知っている大相撲のイメージは、相撲をとるまでに何度も手をあげたり足をあげたり、塩を撒いてあっちに行って、また塩を撒いてこっちに行ってと儀式が多くてなかなか始まらないし、いざ取組が始まっても、寄り切りや押し出しといった同じような結果ばかりである。

それに対して、大学相撲というやつは、土俵に上がり礼をして、座って柏手を打ったら、すぐ土俵中央で構えて相撲をとる。

軽量の彼らの相撲は、別物にも思えるほど多彩な技を駆使する。投げたり、捻ったり、吊ったり、叩いたり、一つとして同じような相撲はない。

体格もまちまちで、五〇キロ台と思われるガリガリな選手もいれば、一五〇キロくらいある私立大学の選手もいる。それが一緒くたになって、ランダムに試合がポンポン行われ、ほぼ一瞬で勝負が終わる。

松尾大社での相撲は、大きい力士にガリガリ力士が一方的にやられていたから感じなかったが、こうも多種多様で結果も違うと飽きないものなのだ。

しかし、試合が進んでいくと二部リーグとはいえ、幼少から相撲をしてきたであろう力士体型の私立大学の選手が確実に勝ち残っていく。

川内以外の二人の京大生のうち、一人は私立の関西学園大学の大きな選手に負け、もう一人は京大にしては大きい身体をしていたが、私立の金沢情報大学のさらに大きめの選手に簡単に押し出されてしまった。

一方、川内は二回戦も、国立大学の細めの選手と当たり、またもや塩を大きく撒いて、目立ったあと、堂々と投げ飛ばして勝利した。次に勝ったらベスト8に入るようだ。

「見に来いと言うだけあるな……」

私は感心した。

ついにベスト8をかけた試合になった。今までのように自分と同等な体格の選手ではなく、川内よりずいぶん大きめの一〇〇キロはありそうな大きな相手であった。にもかかわらず、怯むことなく、いつものごとく塩を撒き、立ち合いの奇襲で相手の横に食らいつき、そのまま土俵の外に寄り切って見事勝利した。

かっこいいなあ。このまま優勝もできるのではと期待はしたが、次のベスト4をかけた対戦でさらに大きな一二〇キロはある選手と当たり、立ち合いの変化もバレていたようで、簡単に突き出されて負けた。負けはしたが、ベスト8で彼以外の国立大学の選手はいなかったので、本当にすごいと思った。

個人戦はそのまま準決勝、決勝と行われて、結局二部の個人戦は私立大学の選手が上位を独占して終わった。その後たいした間をあけず、すぐに団体戦が始まった。大相撲は一日一番しか相撲をとらないが、彼らはいったい今日一日で何番相撲をとるのだろう。

団体戦の予選はそれぞれの大学が三つの大学と対戦し、その勝敗を点数化して上位四校を決め、その四校でトーナメントを行い一位から四位を決めるようだ。団体戦は五人制。三勝したほうが勝ち点一をもらえる。また勝ち点が並んだ場合は、通算勝利数の差で決めるようだ。京大は三人しかいないから、誰も負けることができない。団体戦一回戦はとても運がよく、一番弱そうな大阪府立医科大との対戦であった。

「二部リーグ団体戦予選一回戦を行います。東　京都大学、西　大阪府立医科大学、お入りください」

　とアナウンスが入った。土俵下にそれぞれのメンバーが入場する。

「一同……礼！」

　主審の声に合わせて、両チームが丁寧なおじぎをした。大阪府立医科大も三人しか入場していない。どういう対戦になるのだろうと思っていると、アナウンスが入った。

「先鋒戦、東　川内君、西　藤君」

　先鋒は双方エントリーしていて対戦があるのか……と何となく眺めていると、川内の様子がおかしいように見えた。先ほどの個人戦はもっと堂々としていたはずなのに、その様子が見られない。何かが違う。何だろうか。川内はせわしなく体を動かしたあと、土俵に上がっていった。塩だ。塩を忘れている。まあほかの選手は誰も塩を撒かないから、忘れてもいいのだろうが、塩を取りにいかなかったのだ。この時点で私は何かの予兆は感じていた。

　一方、相手の大阪府立医科大の男は三十代後半のような顔をしていて、どう見ても学生ではない風貌で堂々としている。体つきも中年太りのおじさんという感じで、九〇キロはあるかもしれない。こんなふてぶてしい顔をした医者、どこかで見たことがありそう。

「構えて！　手をついて待ったなし……」

川内はパンパンッと自分の顔を叩き、気合を入れ直してから、すっと構えた。男は、川内が構えているにもかかわらず、ゆっくりゆっくり動作して、構えた。川内は待ちくたびれたのか先に両こぶしを土俵につけ、いつでも立ち合える状態になった。しかし、男は、じーっと川内を見るだけで、手を下ろさない。

「手をついて！　手を！」

主審が促すも、余裕で聞き流して、川内を診察するかのようにじっと見ている。

「手をついて！」

もう一度主審が一段と大きな声をかけた瞬間に、男がぱぱっと両こぶしをおろした。

「はっきょい！！！」


ばたり。


「え？」

私だけではなく、会場の多くの人は私と同じく何が起こったのかわからずにいた。

大阪府立医科大学の選手の立ち合いの変化であった。最初からこれに賭けていたのだろう。相手を焦《じ》らし、焦《じ》らしたうえで、急に自分が動きだすことで、相手を焦《あせ》らせて突っ込ませてからの長身を生かした捨て身の叩き込み。大阪府立医科大のふてぶてしい顔の医者風の男は、見た目どおりの老獪なテクニックを駆使し、川内は術中にはまりばったり倒れてしまった。

「二陣戦、東方棄権につき西方選手の勝ちとします」

相手がいなくても、一応土俵に上がるようだ。大阪府立医科大学の選手は一礼をして土俵に上がり、そのまま土俵の端で蹲踞をし、主審より勝ち名乗りを受け、手刀を切ってまた一礼をして土俵を下りた。

「中堅戦、西方棄権につき東方選手の勝ちとします」

今度は大阪府立医科大学の選手がおらず、京都大学相撲部の勝利である。江田君という京大の選手が同じように土俵に上がって勝ち名乗りを受けた。しかしその表情は浮かない。

「副将戦、東方棄権につき西方選手の勝ちとします」

今度は大阪府立医科大学の不戦勝か。あれ？　これはまずいのではと思い、横に座っていたおじさんにパンフレットを見せてもらい、対戦表を確認した。

先鋒　川内　対　藤
二陣　　　　対　室木
中堅　江田　対
副将　　　　対　二宮
大将　森下　対

二つの不戦勝と二つの不戦敗。

結局先鋒戦で勝敗が決まっていたのだ。

「大将戦、西方棄権につき東方選手の勝ちとします」

浮かない顔で森下が勝ち名乗りの儀式を終え、土俵を下りると同時に、

「これによって三対二で西方、大阪府立医科大学の勝ち」

と流れるようなアナウンスが入り、両チーム礼をしてその場を後にした。土俵を離れ、花道あたりで大阪府立医科大学の選手の歓声が上がった。

「やった！　初勝利！！！」

たった一回勝っただけで大阪府立医科大学は団体戦勝利を収め、逆に京都大学相撲部はたった一回の変化による負けで団体戦に敗れた。しかも、最弱であろう大阪府立医科大学に負けてしまったのだ。

その後団体戦二回戦では、京大相撲部は私立の強豪校である金沢情報大学と当たり全敗。

団体戦三回戦は国立大の広島大学と当たるも、江田がモンゴル人留学生と当たって投げられ、二勝一敗、二つの不戦敗ということで、二対三で負けてしまった。

結局、京大相撲部は勝ち点〇、勝利総数四で、最下位に終わった。

前半の活躍でかっこいい姿を見た時は声をかけようかと思ったが、もう声はかけられなくなってしまった。一部リーグ校の試合が昼から始まるとのことであったが、私はそれを見ずに帰ることにした。

せめて部員が五人そろっていたら、大阪府立医科大学なんかに負けることもなかっただろうし、広島大学にも勝てたのではないか。私は部外者だが悔しい気持ちを抱えて京都に戻った。いつも見ている夕方のアニメに間に合い、いつものように見終わったあとに憂鬱な気分が襲ってきたが、それは仕事に対してではなく、今日見た京大相撲部のことが頭から離れなくなっていたことに起因していた。

第六章　すき焼きは好きかい

　わたしは約一か月ぶりに京都へ来た。五月に稽古を初めて見て、「中畑マンレディー」という変なあだ名をつけられてから、稽古は見に行ってなかった。

　今日は「試合のお疲れさま会」兼「㊙大作戦」ということらしく、稽古後すき焼きが食べられるというので、稽古が終わる五時頃を見計らって、住んでいる兵庫県の夙川《しゅくがわ》駅から出町柳駅まで一時間半ほどかけて来た。目的地のすき焼き屋さんは京阪電車の終着駅である出町柳駅で叡山電鉄に乗り換え、一つ目の駅である元田中駅を降りてすぐのところだそうだ。

　出町柳駅に着いたが、叡山電鉄の発車時刻まではまだ時間があり、地図を見るとたいした距離でもないようなので、少しでもお腹を減らしておきたいと思い一駅の区間を歩いて行くことにした。

　京都の道は狭くてくねくねしている。土壁の家やトタンの家、町屋風な家がまだたくさんあった。わたしの住む神戸のほうは、阪神・淡路大震災で古い家は軒並みつぶれてしまったので、こういう街並みは逆に新鮮に感じる。私は物珍しさから観光地に来たような気分になって、じっくりと風景を見ながら進んだせいもあり、思った以上の時間がかかってしまった。

「おーい。中畑マンレディー！　遅刻！　遅刻！　遅刻してんのに、何で電車乗ってこうへんかったん？　電車代浮かそうとしたな？　ケチやなあ」

集合時間に遅れて元田中駅に着いたわたしに川内が大きな声でそう言ったかと思うと、「早く！　早く！」と手招きしている。遅刻した自分が悪いので反論はできないが、変なあだ名と、ケチだなんて不名誉ワードを大声で言わなくてもいいじゃないかと、無性に腹が立った。それなのに川内は、合流したわたしにさらに追い打ちをかけて責め立てる。

「電車代浮かすよりも、すき焼き食べる前の運動？　ダイエットか？」

なぜまた勝手にダイエットなんて言うんだ。ダイエットっていうことは「お前は太っている」って言ってるようなものだ。いつもながらデリカシーがない。

「まあそんなところですよ！　で、そのお目当ての人はどの人ですか」

わたしは遅れた後ろめたさと、言い当てられた恥ずかしさから早く話題を逸らそうとした。

「そうそう、一人入りそうなんよ。三回生の島崎君。柔道経験もあって、相撲部には是が非でも入れたいわけさ。ということでダメ押しのすき焼き」

「へえ。今回は奮発ですね。ちゃんこ鍋じゃだめなんですか」

　わたしは四月の新入生への勧誘を思い出して答えた。

「ちゃんこ鍋ではあかん。寒い時にしか効かへん。あれは相撲部の温かさを伝えるためにあるからね。新入生用のイメージ植え付け戦略。今回は『試合のお疲れさま会』と称した『勧誘㊙大作戦の会』、実際の舌と脳に相撲部に入る特典をしみ込ませるための最終手段。それがすき焼きやで。頼むで！　美人マネージャー！」

　川内は大声でそう言うと、わたしの肩をポーンッと叩いた。

「やめてくださいよ。美人とかつけるの……」

　褒められるのは嬉しいが、大きな声で美人と言われたら恥ずかしくて仕方ない。また相撲部の稽古で力がついているからなのか、女性の肩を叩く強さではない。とことん空気が読めない人だなと思っていると、

「そう？　もっと自信持ったほうがいいと思うけどなあ」

　と、川内はまた的を外した受け答えをした。

「で、この前の大会、大丈夫だったんですか。団体戦ぼろ負けで最下位だったたって聞きましたよ。試合見せたことで、マイナスイメージが強くなっていませんか」

わたしは見に行かなかったが、島崎を勧誘するために、西日本学生相撲選手権を見学させたことを知ってはいた。

わたしは昨年末の学生相撲選手権を見ているので何となくわかるのだが、二部リーグでも幼少からの相撲経験者で身体の大きな選手はいる。あの中で相撲をとるイメージは、むしろマイナスなのではないか。また、西日本の弱いチームである大阪府立医科大に負けたことで、愛想つかされていないか心配であった。だが、川内は全然ひるんでいない。

「任せとき！　『小林一茶』作戦やから」

「小林一茶？」

「そう。『やせ蛙負けるな一茶これにあり』作戦」

いつもどおり回りくどい。ここは我慢して聞くことにする。

「わかる？　わかった？　わからへんやろうなあ。要はね、日本人気質に訴える作戦。判官びいき、負けているほうを応援したくなる。母性を刺激して、そして、『俺に任せろ！　俺がいるぜ！』という小林一茶と同じ気持ちにさせているから、大丈夫やで

……ってそっちより個人戦！　たしかに団体戦は大阪府立医科大に負けはしたけど、僕は個人戦ベスト8の大活躍やったからね。僕を見てあんなふうになりたいって憧れをもったはずやで」

小林一茶から、男性が絶対もちあわせていない母性まで引き出してきた。今まで聞いてきた彼の勧誘理論も疑いたくなる。川内は面白いし、いちいち理論も的を射ている気がするが、蛇足が多いというか、いらんことをして失敗しているような気がする。その島崎って人に、とにかくすき焼きを食べてもらおう。川内の行きすぎた蛇足の第二波・第三波が発動して、嫌気がさして逃げてしまう前に……。すき焼きだけで入ってくれればいいんやけど……などと思いつつ建物の中へと入った。

狭い玄関で靴を脱いで中に入り、これまた狭い階段を上ると、大きめのお座敷があり、一〇卓ほどの低いテーブルを囲むように座布団が六枚ずつ置いてあった。ほかの部員はすでに入っていて、各テーブルに一人になるように分かれて座っていた。例の新入部員になる可能性がある島崎は入り口付近の目立たない席に座っていたところを、無理やり川内が奥のほうの席へと誘導し座らせた。たぶん何か作戦があるのだろう。

その後ＯＢがなだれ込むように入ってきたかと思うと、中居さんがすき焼き用のお鍋や、お肉と野菜の大皿、たくさんの生卵が入ったボウル、そして乾杯用のビールをせっせと運んできた。

現役部員はＯＢたちにビールを注ぎ、すき焼きの準備にとりかかっている。

「グラス持って」

ぼーっとしているわたしに、横に座ったＯＢが言った。

「すみません……」

自分のグラスにビールを注いでもらうとすぐに注ぎ返し、前席のOBにもビールを注ごうとしたら、もうすでに注がれていた。

わたしはこういうのが苦手で、気の利いた行動ができない。だからあまりこういう場に参加してこなかったのに、今回すき焼きの誘惑に負けて来てしまったことを一瞬後悔した。それが顔に出てしまっていたのだろうか。

「慣れてない時はそんなもんよ。気にせんでいいよ。っていうか京大相撲部のマネージャーはそういうのしなくてもいいって言われているでしょ？」

とビールを注いでくれたOBがフォローしてくれた。

たしかにそう言われてマネージャーになったのだが、わたしもぱっと行動できる人になりたいとは思っている。

ビールが全ての人に注がれたと同時に、主将である川内が立ち上がった。

「今日は皆様お集まりいただき、ありがとうございます。では蜂須賀先輩。乾杯の挨拶をお願いします」

そう言うと、上座にいた一番年を取っているであろうおじいさんが立ち上がった。

「現役の皆さん。こうして例会を開いてくれてありがとう。そして試合お疲れさまでした。また新入部員や昨年末からマネージャーさんも入ってくれたようで、よろしくお願いいたします。わが相撲部は万年部員不足と闘いながら、なかなか勝てない一部リーグ校と戦いながら、勉学やアルバイトなど己との闘いもあって闘いの連続です。ここで鍛えられた経験は一生の財産になります。なかなか勝てないかもしれませんが、腐らずにがんばっていただきたい。カンパーイ」

「乾杯！」

低い声が室内に響いた。そうだ……今日はこの場では唯一の女性なんだった。やはり居心地が悪い。マネージャーになって半年間、ＯＢが来る飲み会は避けてきたのだが、やはり来るべきではなかったかな。なんて考え込んでしまって、すき焼きになかなか箸が伸ばせない。

それに引き換えＯＢさんたちは、すき焼きに箸が伸びること伸びること。年老いたおじいさんも、若手のＯＢがどんどんよそうすき焼きのお鉢をガンガン平らげた。ここにいるどの人も見た目は普通のおじいさんやおじさんで、相撲部だったことを彷彿とさせる人はいない。しかしこの食べっぷりを見ると、相撲部だったことに納得する。

私はビールを注いでくれた優しいＯＢに話しかけてみた。

「皆さんよう食べはりますね」

「そやろ？」

ＯＢは嬉しそうに答えた。

「ここのすき焼きはまた特別やねん。俺らの時もな、ＯＢによく連れてきてもろてん。試合に負けて悔しい時も、勝って嬉しかった時も、怪我して何もできず不甲斐ない時も、相撲以外でうまくいかなかった時も、ここに連れてきてもろておいしいものを食べて、明日への活力をもろてきた人ばっかりや。だからここに来たら、あの時の自分に戻れるんやと思う。というか胃袋的にもあの時代の自分に戻った気になって食べてまうんちゃうかな。だからおじいさんたちはすぐに箸止まるで」

わたしは注意深く、おじいさんＯＢの動きを見た。たしかに最初の勢いは止まり、意識はビールと昔話に向かっているようだ。

「ねえちゃんも食べや。食べな大きならへんでって、マネージャーは大きならんでええんか？　まあ今日くらい気にしんと食べや」

優しいＯＢはそう言ってくれた。

「ありがとうございます。いただきます」

ようやく食べる気になってきた。それにしても、こんなにおいしいすき焼きは初めてだ。そりゃみんな夢中になるはずだ。二〇分ほどして川内が立ち上がり、いつもより大きな声でみんなの箸を止めさせた。

「宴もたけなわではございますが、今日は新人がいますので、新人から自己紹介をしてもらおうと思います。では、まず島崎君からお願いします」

パチパチパチパチパチ。みんなすき焼きに伸ばす箸を止めて、島崎がいるテーブルに向き直り、注目した。

この流れでいくと、次はわたしだ。こういう挨拶があるんだったら言っておいてほしいと、川内を恨んだ。しかし川内は私のほうを見てもいない。どうしよう。何を言えばいいのだろうか。頼む、島崎君とやら。適当に自己紹介して終わってくれ。わたしは祈った。

だが期待はすぐに裏切られた。島崎は背も小さくおとなしそうな顔をしているが、よく見ると肩からしっかり筋肉がついていて、ふつうの京大生よりがっしりしている。彼はうつむきながらぼそぼそ話しだした。その遠慮のかたまりのような態度とは裏腹に、言葉には険があった。

「こんにちは。初めまして。ええっと……法学部三回生の島崎と申します。出身は九州の鹿児島です。私は今日こんな会だと思っていなかったので、びっくりしています。ご飯食べに行こう、奢るからと川内さんに誘われました。まあ間違っていないのですが、私はまだ相撲部に入ると言った覚えはなく、何か囲い込みをされているようで、居心地の悪さを感じております」

みんなが箸を止めて島崎に注目している。すき焼き鍋がグツグツと煮えている音しかしない。私は自分が次に何を話そうかということより、彼が次に何を言うかが気になった。

「私は高校まで柔道をさせられておりまして、そして勉強もさせられておりました。柔道親の方針で文武両道を極めろと。それにより私は多くの犠牲を払ってきました。柔道をしながら勉強をしていましたので、テレビを見ることはできませんでしたし、友達と遊びに行ったこともありません。ぼーっとしているとどやされますので、ぼーっとしていたこともありませんでした。

私は一八歳まで勉強に柔道に、親の言うとおりに人生を捧げてきたと言っていいと思います。京都に出てきて大学生になり、やっと解放されたのです。

私は大学生活の四年間で青春を取り戻すことが目標です。ですので、大学に入ったらなるべく無駄なことはしないでおこう、有益なことだけをやっていこうと思っています。京大生だと舐められるので、柔道は護身用にもなるしやっていてよかったと思うこともありますが、相撲は何か有益なものなのでしょうか。意味があるのでしょうか。この前相撲大会を見に行かせていただき、面白そうなのは理解できましたが、今のところ相撲をとる意味が見いだせていないというのが正直な感想です」

彼はしゃべり終え静かに座った。静寂な空気を切り裂くように、川内が大声で割って入ってきた。

「僕は知ってるで。四年で済むのか怪しいけどね！」

少し間が空いたあと、みんなどっと笑った。島崎も苦笑いをした。わたしは意味がわからないので、横にいる優しいOBに小声で聞いた。

「どういう意味ですか」

「そういう意味だよ。四年で卒業できない状況ってことやで」

そして優しいOBは続けた。

「京大生はね、よく留年するんよ。俺もそう。まあいいことやないんやけどね。どうせ社会に出たら働かんといかんのなら、少しぐらい大学生活を延ばしてもいいという考えが根底にあるように思えるな。まあ、留年くらいで就活に影響しないという京大ブランドへの甘えが、悪習として蔓延《はびこ》っているのかもしれんな」

優しいOBだけではなく、どうも留年した人が多いようだ。

OBたちはみんな笑い、そしてお前も五年いたやないか、お前は七年だっけ？　などと言い合い、四年で卒業したOBは誇らしくしている。

先ほどの張り詰めた空気が穏やかになり、再び右手には箸を握り、そのあと左手でビールを手にし、すき焼きを流し込んでいる。わたしの通っている女子大で留年した人なんて聞いたことがない。やる気がなくなってやめていく学生はいるが、留年までして居残る学生は皆無と言っていい。

京大と一般大学の違いに戸惑っていると、島崎がギリギリ聞こえる声で聞いた。

「で、皆さんはなぜ相撲を始めたのですか。意味はありますか」

わたしは、たしかにと思った。なぜこの人たちは、ほぼ裸の格好で、痛くて苦しい思いをして、ほとんど勝てない相撲をやっていたのか。

わたしをマネージャーとしてナンパしてくれて、この春に卒業した今藤さんにも聞いたことを思い出した。

「相撲部員に『なぜ相撲やっているんですか？』の質問は禁句やな。それはめちゃめちゃ聞かれてうんざりしているから。まあ答えるとやな……そこに土俵があるから。やな」

と、いつもふざけていて軽いノリの今藤さんは、このようにボケで返していたのだけれど、彼の本心はどうだったんだろう。なぜこんな無益なことをやっているのだろう。

「意味があるか、ないかとか考えたことなかったな。相撲とってもモテることもないしなあ。まあ強いて言うんやったら『そこに土俵があるから』やなあ」

川内はかっこつけて大きな声で言った。みんな笑った。今藤さんと一緒のことを言っている。今藤さんが言っていたのをパクっているのか、それとも伝統的に受け継がれてきた相撲部のボケなのだろうか。

みんなは一時期の空気と違い、和やかに、ビールを飲み、すき焼きを食べながら、ニコニコしている。島崎だけが、少し険しい真面目な顔をしている。たぶんわたしも島崎と同じような顔をしているのだろう。

するとその顔を見てなのか、ビールで顔が真っ赤になった、頭がぼさぼさで、スーツもしわくちゃなおじさんがすっと立ち上がった。彼は勢いよく話しだした。

「島崎君とか言ったね。君が言うように四年間は貴重だ。無駄にしたくないその気持ちはわかる。むしろ健全で建設的な優等生の答えと言えよう。

君は意味があることがしたいと言ったがね、その君の言う意味があること、つまり有益なこととは具体的にどういうものかね？　社会に役立つ実学かな。それともインターンシップを利用して、学生の頃からのキャリアづくりとかかね。

私はね、教授としてうちの大学で動物行動学を研究しているのだよ。君は法学部だから僕のことを知らないかもしれんがね」

そう言うと島崎のほうを見た。島崎は「知っています」という顔をして何度か首を上下にして頷いた。それを見た真っ赤な顔をした教授は、さらに怒涛のしゃべりを続けた。

「人間だけ。人間だけなんだよ、無駄を享受できる動物は。人間以外の動物というものはね、生きること、子孫を残すことに全精力を傾けるのだよ。いわば、自分と自分の子孫をいかに生き長らえさせるかが最大の行動原理なんだ。

もちろん、コスパがよくない生物もいる。環境に合わなくなってくる生物もいる。そういう生物は弾かれて滅んでいくのだよ。しかし人間はそうではない。合理的に見えて、動物に比べたらちっとも合理的に生きていない。むしろ無駄なことだらけだよ。その人間が作りだした無駄なもののことを何というか知ってるかね？

文明だよ。生き長らえるだけだったら必要ないものを作り始めたんだよ。生きることに必要な灌漑《かんがい》施設も、もちろん造ったがね。それ以上に無駄なものをいっぱい作り始めるんだよ。ピラミッドやジッグラトとか。

こうみると文明とは無駄なものの結晶だということがわかるだろう。そう思うだろ？動物に文明があるかね。文化的に生きることこそ人間の特権なんだよ」

そこまで言うと教授は、少しかがんでビールの入ったグラスを手にし、残りを一気に飲み干して、大きくげっぷをし、続けた。

「と言ってね、相撲とはね、これがまた無益・無駄なことが多いんだよ。細い体で運動もろくにしたこともない我々が必死に稽古し、体重を増やし、筋肉も増やし、体を作りあげても、一部校の大きなやつらには、まず勝てない。一生懸命に太っても勝てないのだよ。太ると余計にモテないしな。一生懸命やっているのに、相撲部というだけで全くモテなかったな」

「ロクさんがモテないのは相撲部のせいじゃないぞ！」

どこからかチャチャが入った。すると、このロクさんという教授は、赤い顔をさらに赤らめて反論する。

「違う！　断じて違う！　私はね、相撲に大学生活の全てを注ぐような硬派だったからモテなかったのだよ。だから、相撲が原因なのだよ。私だってね、テニスやら乗馬をしていたらモテモテだったんだよ！　という君だってまったく女性に相手されていなかったじゃないか！」

みんな大きな口を開けて大声で笑っている。ロクさんは、真面目な顔をして話を続けた

「だめだ、だめだ！　変なチャチャを入れるな。これ以上相撲部の印象を悪くするな。何の話をしていたかな。ええ……モテないし、勝てない。いやいや一部リーグ校の連中には勝てないかもしれないが、二部リーグでは勝ったりできるし、体重別大会で上位の成績をあげることもできるぞ。

ただな、OB以外誰も褒めてくれないし、注目も浴びない。何の見返りもない。見返りは、こうしてすき焼きを食べさせてもらうくらいだ。でも、だからこそ意義があるのではないかね。多くの教官は部活には理解がない。研究に支障が出たら不機嫌になる。その中で少ない時間をやりくりし、研究室と土俵とバイト先と下宿を行き来し、その不利な環境下でも一部リーグ校のどでかいやつらに勝つために必死に努力する。

さっきも言ったがほとんど勝てない。勝ったとしても、ちょっとほめてもらえるくらいで一円にもなりゃしない。こんなバカげていることを一緒に必死でやった仲間は……永遠だと思うな。こうしていつでもあの時に戻って思い出に浸って酒が飲める。金だけのために動くやつとか、損得で合理的につながっている者を、心の底から信じられるか？　非合理なこと理不尽なことを一緒にやった仲間とは、絶対的な信頼関係を築くことができる。人類の進化とは、矛盾と矛盾がぶつかり合った時に訪れるのだよ。アウフヘーベンだ。

そんなことあるのかって思うだろ。今でもあるぞ、あの時の経験がふとアイデアとして昇華することを何度も経験したよ。靴を履いて、コンクリートの上を歩いて、コンクリート内の空調の利いた快適な部屋で生きているだけでは、想像の幅は狭くなると思うんだよね。

私が教授になれたのは、地べたに裸で転がされ、傷だらけになって、砂だらけになった人間だからこそだ。動物の行動を、机上だけの連中より近く、より現実味をもって見ることができたからだと思うなあ。具体的には言えんが、私はそう思う」

彼は息継ぎをしているのかわからないほど早口に、赤い顔をさらに赤らめて話し終えた。すると、頭が真っ白で、小太りで丸いメガネをしたおじいさんが、すっと手をあげた。川内はすかさずその人を指名する。

「はい！　どうぞ、越田さん」

その老人はゆっくりと立って話し始めた。

「まあ食べなさい。そう硬くならないで。すき焼きはおいしいよ。すき焼きも早く食べないと硬くなるからね」

老人はニコニコしながら話し始めた。

「相撲をする、相撲をしない、それは自由だよ。我々は強制しないし、強制なんてできないでしょう。子供の頃親に勉強させられた時と違い、自分の意志で生きることができる大人なのだから。

ただ人生の先輩として、君に言えることが一つだけある。それは『意味がないからやらない』『意味があるからやる』というのは違うということだ。人生、意味があることだけをしていたら、全く面白くない人生でしょう。こうしてすき焼きを食べる。すき焼きというのは、おいしいぶん食べすぎるし、高カロリー、高糖質だよ。私なんかはね、妻に止められているからね。今日も何を食べて帰るかは内緒なんだよ。でもやめられないのだよ。このすき焼きだけは。

意味のある食事というのであれば、栄養だけを考えてサプリメントを飲んでいたらいい。しかし食事は舌も目も脳も全てを使い、お腹と心を満たすではないか。身体に悪いような食事のほうが、おいしかったりするだろう？　意味のなきことほど面白いものはないのだよ。

意味があってもなくても、見返りや利益のためだけに生きているのはつまらない。見返りや意味がなくてもいいやないですか。相撲をとって、またこうして一緒にすき焼きを食べようではないか。ソクラテスも、『生きるために食べよ、食べるために生きるな』と。また一番大切なことは、『単に生きることではなく、善く生きることである』と言っておったしな」

言い終えるとニコニコして座った。川内はすかさずつっこむ。

「先輩、矛盾してますよ！　見返りなくていいじゃないかって言いながら、すき焼きをまた食べようって！　でも、これをアピールしたかった。京大相撲部に入ったらOBからすき焼きをおごってもらったりするよ。あとね、そう！　銭湯の回数券がもらえる！　稽古終わりは銭湯にタダで行ける。見返りもちゃんとあるで」

自然と拍手が起きた。わたしはずっと島崎を見ていた。島崎は拍手こそしていなかったが、彼の口元は少し緩んだように思えた。

「続きまして……」

川内が声を出して我に返った。わたしの番だ……。そうだ、次は私だ。

「わたしは神戸の女子大に通う大学生でして……京大相撲部のマネージャーになりま……」

急いで立ち上がり口を開いたが、言葉に詰まった。緊張したとかではない。言葉が出ないとかではなく、言葉がないのだ。

島崎は、自分の主張をした。柔道も勉強もがんばってきて、今自分がどのように生きたいかという明確な意志表示をした。それに比べてわたしは神戸の女子大学生という肩書以外何もなく、何も考えずに生きてきて、何も考えずにメリットがありそうだからと京大相撲部のマネージャーになった。そこに自分の意志はなく、自分を語るものなんて何一つないと、その時初めて気付いた。

「した……マネージャーです。はい。すみません。よろしくお願いいたします」

拍手がパラパラ起こった。誰が挨拶してもみんなが拍手を送るものだが、今は全員がしていないことが明白だった。わたしはここにいて、すき焼きを食べる資格なんて、ない。

第七章　京大生の解法

二度も口車に乗ってしまい、まわしを巻いた私であったが、西日本学生相撲選手権を見たあと、自分の意志で京都大学相撲部に再訪し、自分の意志でまわしを締めて相撲をとりに京大に通って一か月になる。七月に入り、まわし姿になっても問題ない季節になったが、湿度が高い季節になり、それはそれで不快である。それでも私は通っている。

「自分の意志で」とは言ったが、それは今までのように巻かされたわけではないことを強調したいだけで、意志というほどの強い思いはなく、自分でもなぜもう一度京大相撲部に行ったのかはよくわからない。

まあ、やることもなく陰鬱な週末を過ごすのが嫌だったのと、ただ外に出るのではなくちょっとした達成感を得られるものが相撲のほかになく、時間と成果のための消去法的な選択であったと言える。

しかも最初の頃は、準備運動の段階でついていけず、その時点で足はがくがくになるし、吐いてしまったこともあり、こんなところでやめたらダサすぎると思い、なおさらやめられなくなった。

京大相撲部の稽古は週に四回あるのだが、毎週土曜日の稽古には必ず、平日の稽古にも仕事終わりに駆けつけてできるだけ参加している。本格的に相撲を始めて一か月が経つのだが、一回も勝てていない。一回も。

相撲とは一見、単に押せばいい簡単なものだと思っていたのだが、単純に押すということからして難しい。まともに押せない。相手が手加減してくれて、ようやく少し押せるレベルだ。

たしかに今までの人生で人を押すという行為をする機会はなかったと言えるのだが、私より軽い体重の相手まで全く押せないなど、誰が想像できようか。私が全く勝てないこの強い京大相撲部の彼らを、いともあっさり放り投げていた一部リーグの相撲部員とは、どれほど強いのであろうか。もう想像がつかない。

これほど見た目とやる側との差がある競技も珍しいと思うのだが、相撲をとったことがある人が周りにいないので、「相撲の初期段階あるある」を誰にも伝えることができないのがもどかしい。こんな難しいことをさらっとやっている彼らはかっこいいし、もっと評価されてもいい。だからこそ、彼らに無性に腹が立つのだ。もう少し真面目にやればもっと強くなれるし、もう少し努力してもいいのではないだろうか。

まず部員全員が揃うことが少ない。主将である川内は来ているほうだが、週四回の稽古全てではない。二年生の江田は一番下の学年にもかかわらず、研究があるとかバイトがあるとかでしょっちゅう休むし、森下という者はもっと来ない。この人物は身長も一八五センチくらいはあるし、体重も九〇キロ以上あり、強くなる素養が一番あるようなのだが、それほど相撲が好きではないように見受けられ、土曜日などは見たことがない。一度川内に尋ねたところ、土曜日は朝から用事があるらしい。また相撲部に入った理由がふざけていて、ダイエットのためだそうだ。

その森下は来ないが、土曜日の稽古はやや活気があって、ほかの大学からたまに出稽古に来ることもあるし、ギャラリーもいたりする。また、冬井さんのように相撲好きの変わった人も来るので、土曜の稽古はよいのだが、平日の稽古は集まりが悪く川内と一対一の稽古の日さえある。強くなるにはやはり部員確保が命題ではないだろうか。

そう思っていると、ようやく部員を入れることに成功したようだ。この前すき焼きを食べに連れていったそうで、すき焼きに釣られて入ったのだろうか。不純だ。しかし羨ましい。

今日の稽古に、その新入部員の島崎が来ている。そして、すき焼きの話で盛り上がっている。肉を嚙んで喉に卵を絡ませて流し込むあの感触が忘れられないだの、あそこの肉は最高だが、結局のところ最後にはすき焼きのたれがしみ込んだ豆腐が一番うまく感じるだの、まあ腹が立つ。豆腐が一番なわけがない。肉が一番に決まっている。豆腐が一番というのなら、湯豆腐を食べに行けばいいのだ。しかもよくよく考えたら関西風の割下ではないか。砂糖を存分に使い、醤油をどぼどぼかけるのが果たして本当においしいのか確かめてみたかった。やっぱり羨ましすぎる。

平日の稽古は五時から始まっているので、私が仕事終わりに駆けつける時にはすでに一時間くらい経過している。先に部員たちが始めている稽古に途中から遅れての参加になる。なので私は土俵外で四股を踏み、すり足を繰り返して、アップをする。

今は土俵内で、申し合い稽古という、勝ち残った人が自由に相手を替えて相撲をとる稽古が行われているのだが、みんな相撲を一番とるたびに、すき焼きの話になる。私はまだアップしているので土俵内の会話の輪には入れていない。小さな声で話してくれれば気も散らないのに、いつものごとく川内の声が大きく丸聞こえなのである。こんなことなら、誘われた時に素直に行けばよかった。私は始めたばかりの部外者であるし、さらに社会人であって給料を得ている。だから、すき焼きを食べに行くと現役の学生部員のぶんを出さないといけないのではないかと、一瞬ケチな想像をしてしまった自分に対して一番腹が立つ。

そんな時に、追い打ちをかけるように大声で話しかけてきた。

「佐藤さんも来たらよかったのに。あの日はね、偉いさんのＯＢの人が、新入部員が久々に入ったことに上機嫌になって、ずいぶんお金置いていってくれはったんで、佐藤さんもタダで食べられましたよ！　もったいないことしたなあ」

ムッとした私は、

「始めたばかりの部外者ですので、京大相撲部のＯＢの方が集まるような場所に行く立場になく、ためらっただけです」

と答えた。しかし、土俵の下からでは声が届かなかったようだ。

「え？　何ですか？」

川内が大声で聞き直してくる。私はそれに負けじと大声で返した。

「何でもないです。大丈夫ですっ！」

その後も私は黙々とアップを続けながら、彼らの会話を聞いた。どうも稽古を見に来ている姿を見たことがないマネージャーですら、すき焼きを食べたようだ。そのマネージャーも京大生ではないはずだから、毎回の稽古に参加する私なら食べる権利が充分あったようにさえ思えてきた。何たって一番部外者の私が一番稽古しているというのだから。

私は何度も自問自答してきた、「なぜもこんなにも相撲にハマったのか」という問いの答えがまた遠くなった気がした。やることもなく勢いで何度も来てみて何度かやれば勝てるだろうと思っていたが、まだ勝てない。勝てないうえに相撲の稽古は本当につらいし、痛い。毎度あちこち捻ったり、打ちつけたりしているものだから、どこまでが筋肉痛でどこからが怪我なのかすらわからない。

京大相撲部にはシャワー室もない。稽古終わりは、全身にこびりついた泥を簡単に水道で流してから銭湯に行く。水はとても冷たい。水の冷たさが擦り傷に滲みる。かといって、温かい風呂も擦り傷にはとても滲みる。だが風呂に入らないわけにもいかないので、稽古後の風呂はいろいろ痛い。運動のあとの風呂は醍醐味と言ってもいいのに、その気持ちよさは痛さによって半減する。

風呂のあとのビールも最高だが、それだってわざわざ口の中を切ってから飲むものでもない。相撲をせずともほかの運動でその快楽には行きつくのだ。

本人にすら相撲をしている理由が見つからないのだから、他人に聞かれたらもっと困る。だが相撲をしているというものは珍しいから、相撲をとっている理由は必ず聞かれるだろう。だから私はほとんど誰にも相撲をとり始めたことを言っていない。

また、好奇な目にさらされるのも嫌だ。社会人になって相撲なんかを始めたなんて知られたら、奇人扱いされるに決まっている。

私は健全な人間であり、ごくごく一般的な人間である。その証拠に今まで「変わっているね」と言われたことがないし、どこをどう見ても普通の人間である。こんな普通の人間がハマる相撲とは何なのか。どこに相撲の魅力を感じているのか。

そんなことを考えながら、四股を一〇〇回踏み終えて、土俵外で肩幅ほどに足を広げて腰を落として、手足をほぼ同時に出しながら歩く相撲独特のすり足の練習に移行した。悩みながらすり足の往復を十回繰り返したあと、足の指先から、首にかけて入念にストレッチをして痛むところや痛めやすいところをガチガチにテーピングして、ようやく土俵の上の稽古に追いついた。


「一番お願いします」

申し合い稽古中だったので、今の取組で勝った川内に申し込んだ。

「ああどうもどうも、やりましょう！　でもちょっと休憩」

京都大学相撲部は、おしゃべりをしながら稽古をする。理由は、相撲の稽古はとても苦しく痛いものなので、少しでも明るく楽しくすることで、相撲への意欲や向上心につながるということらしい。

また、先輩後輩関係なく稽古の一番一番に対して素直な感想やアドバイスが出る環境作りでもあるらしい。いつもの稽古中は真面目であるのに、今日は稽古一番一番へのアドバイスなど一切なく、すき焼きの話しかしていない。

川内は泥だらけのタオルで汗を拭くとすぐに土俵に戻ってきた。今日こそは勝つ。

勝ちたい。自分の弱点はよくわかっているのだ。立ち合いである。立ち合い、頭から当たれないのである。頭から当たると、相手も頭からきた場合、頭同士が当たる。そうすると、痛い。当たり前だが痛いのだ。

想像してほしい。近いとはいえ、数十センチ向こうの相手が全力でこっちに頭から突っ込んでくるし、こっちも同じように全力で前へ進もうと頭から突っ込んでいく。そのエネルギーとエネルギーが頭の一点で当たった場合、どうなるのか。それはもう事故である。事故レベルの痛さである。それを考えると私は頭からいけない。それにより、立ち合い受けにまわってしまい、一気に押し出されることが多い。

「佐藤さん、頭からですよ！　頭から」

取組前に対戦相手の川内からアドバイスをもらった。これはバカにしているのではなく、純粋にアドバイスなのだ。京大相撲部はとにかく課題を意識することが大事だという。いつでも同じパフォーマンスをするために、何度も何度も同じ話をされる。わかっているだけに悔しい。京大というエリート確定コースの彼らに、相撲でも勝てないのは本当に悔しい。

「わかっています。わかってはいます」

そう答え、川内と私は土俵中央に行き、蹲踞をしたあと、もう一度立って、肩幅くらいに幅をとり、腰を割り、仕切り線の前に手を置いた。

「頭から、頭から……」

頭の中でこの言葉を繰り返していると、

「はっきょい」

という声が聞こえ、その号令で互いに前へ足を踏み出した。

稽古では主審はいないため、その場にいる人間がタイミングを見て「はっきょい」の声をかけ、取組が始まるのだ。

ゴン
川内の頭が、私の頭を突いた。パッと目の中で花火が爆発したような閃光が走り、視界が真っ白になる。視界が回復した頃には、追随の平手が喉元を捉え、私は土俵際である。「あっ」と思った瞬間に、もう土俵から足が出ていた。

「いや～何か今日は力が入っていないんちゃいます？　やはり肉食べてないからですかね？」

川内の頭の中は、まだすき焼きなようである。せっかく忘れかけていたのに……。

私はすごすごと頭をさすりながら引き下がった。

「次……お願いします」

と島崎という男が川内に挑戦した。どうも彼が新入部員なようだ。身長は高くなく一七〇センチ前後。体重は七〇キロくらいであろうか。小さめのわりに腕から首にかけての筋肉がすごい。どうも彼は柔道をしていたらしい。筋肉はすごいが、彼もまだ頭からいけないようで、川内にとんとーんと押されて土俵の外に飛ばされた。

「もういっちょう」

普通は負けたほうが、悔しくて「もういっちょう」と言うものだが、なぜか川内が言った。島崎は、頭を振り「やりたくない」というジェスチャーを見せる。しかし川内はそれを聞き流して大声で言った。

「もういっちょう！」

彼はしぶしぶ、土俵に戻った。

それを繰り返しているうちに、島崎は五番目の取組で絶対的に不利そうに見える体勢から川内を投げ飛ばした。川内はその前に何番も相撲をとっていたし、彼は柔道経験者だったとはいえ、相撲をやったことがないはずなのに、もう川内に勝った。いいなぁ、私は一か月しても勝てないのにと、少し惨めな気持ちにもなり、その後の申し合い稽古に積極的に参加できなかった。

京大相撲部員はとにかくクセが強い、変わり者集団だ。その中で、陽キャと陰キャに極端に分かれている。

やけに明るい川内と、川内のことを心底面白いと思っている様子でいつも楽しそうな江田は、面白いことを模索し、げらげら笑っている陽キャだ。まあホントに面白いかどうかは不明だ。大半が幼稚な下ネタであるので、私はあまり面白いとは思えない。

森下と島崎は、陰キャというより物静かと表現したほうがいいだろう。自分からは滅多に話さない。陽キャの二人が話しかけると、答えはするが、「はい」「いいえ」など極力単語で返しているように思える。しかし、彼らは嫌がっているようには見えない。めんどうくさそうな時はあるのだが。

そして、私と同じく部員ではないがよく稽古に来る冬井は、年齢不詳で物静かではあるが、たまに独特のツッコミを入れる変わり者。そうそう、最初に京大相撲部を見に行った時にすれ違った、西日本学生相撲選手権でも見かけた、苺柄の服を着ていたガタイのいい人もたまに見に来ている。相撲部のOBだろうか。

私は彼らとあまりコミュニケーションをとらず、一定の距離を置いている。私は部員ではないし、社会人であるし、相撲というものにたまたま拘《こだわ》っただけなので成果をあげるまでの関係だと思っている。彼らが私を相撲に引き込んだので稽古には付き合ってもらうが、相撲に何の目標もない。私は相撲を「とる」「とらない」のドライな関係がいいと思っている。

だが気になった。この物静かな島崎という男はどうして相撲を始めたのだろうか。本当に、すき焼きに釣られて入ったのだろうか。

稽古後に行く銭湯の前に、ホースの水で泥を落とす際、陽キャの二人が揃うと無駄に時間がかかる。まわしをはずす時、必ずくだらないコントをするのだ。そうなると帰りの時間が遅くなってしまうので、京大の相撲部員を置いて先に銭湯に行ってしまうことも多い。だが今回はみんなと一緒に行くことにして、川内と江田のコントも見ながら、すでに銭湯に行く準備ができている島崎に思いきって話を切り出した。

「お疲れさまです。お名前……あの……島崎さんでしたっけ……」

「はい」

「相撲部に正式に入られたのですか」

「はい」

会話が続かない。彼ら陰キャはコミュニケーションを取る気はあるのだろうか。いつもならここで引き下がってしまうが、今回は相撲を始めたきっかけをどうしても聞きたかったのでがんばって続けた。

「一年生ですか？」

「いえ違います」

「じゃあ、何年生ですか？」

「それは学校的にでしょうか。相撲部的にでしょうか」

どういうことだろうか。相撲部的な学年とは何だろうか。

「どういうことですか？　相撲部と学校では学年は違うんですか？」

「そのようなのです。私は三回生なのですが、どうも一回生として相撲部では登録されるようです」

　ますますわからない。

「虚偽の申請をしたということですか。どうしてそんなことを？」

「たぶん私が不真面目な学生だからでしょう」

「不真面目だからとは？　お前は一年生くらいの実力しかないぞというような意味からですか？」

「たしかに実力は一回生でしょうが、そういう理由ではなく、ただ私が不真面目で単位をたくさん落としていることが虚偽申請の真相である可能性を秘めているようです」

　彼らの答えは常に回りくどい。頭のいい人は、頭がいいからなのか、答えの先の頓智のような答えをしてくる。私はバカにされているように思えて少しイライラしてきた。

「単位を落としていることに、何の可能性があるのです？　私には全然話が見えません」

「ああ、学生相撲って四年間出られるんですよ」

　答えを欲しい旨は伝えた。すると今度は〝答え〟だけを出してきた。その前後の説明が欲しい。これほど受け答えに時間がかかって私がイライラしているのにもかかわらず、島崎は全然気にするような感じはない。きっと意地悪をしているわけではなく、天然でこういう人なのだろうと思った。そこで、絡まった紐を一本ずつほどくように丁寧に聞いてみることにした。

「相撲は学生の四年間出られるんですよね？　だけど島崎君は三年生だと二年間しか出られないと思うんですが」

「最大六回生まで出られるということですね。私が不真面目だからそういうことができるのでしょう」


――不真面目・四年間出られる・今三回生だけど、一年生で登録する――


ようやくわかった。脳がすっきりしたところで、みんなが銭湯に向けて歩きだしたので、あとを追いながら島崎と話を続ける。

「そうか、今単位を落としていて留年した場合も出られるように、出場していないぶん、一年生ということにしておけば、五年生になった時には三年生として、もし二留して六年生になったとしても四年生として出られるということですか？」

「そうです。私は二年間相撲部としては登録していないので、一回生という虚偽の申請をしてもバレないというわけで、留年しても二年間は出場できるということのようです。お前は留年しそうだと言われているようで、まあ失礼な話なのですが」

　私は、謎解きゲームをクリアしたような気持ちになった。一つの答えを聞きだすのにこれほど頭を使わないといけないのか。彼らはこのようにして常に頭を鍛えているのだろうか。

「なるほど。でも、それは大丈夫なのでしょうか……？　バレた時に何か処分されたりはしないのでしょうか？」

「詳しくは知りませんが、グレーゾーンなようです。私も気になりましたので、相撲連盟の規約を全部読んだのですが、虚偽の学年申請について何も書かれておりませんし、罰則も具体的には書かれておりません。出場停止になる可能性は無きにしも非ずなのですが、この規定内容の薄さでは、争えば確実に勝てます。

　また実際我々が五回生と言うのは、五年目を迎えている、五回目の春を迎えたという数え方であり、実際は五回生だけど、三回生の授業を受けているということでは、三回生です。各大学によって留年の規定も学年の数え方もそれぞれであるようなのでここも、うまくごまかせると思います。

　規定をよく読んでも、院生がだめとか、留学生は出てはいけないというルールもないようで、過去に途中から相撲部に所属し、大学院に進んだ先輩も四年間という規定内で出ても何のお咎めもなかったようですし、短期留学生の外国人でもすんなり出られていたようですので、その辺は大丈夫かと思います。まあ私が留年するかどうかはわからないので、杞憂に終わればいいのですが」

　聞きたい答えを導き出すのに、一つ一つ丁寧に絡んだ糸をほどくような作業が必要だったり、欲しい答えに解説を盛り込みすぎたり、彼らは本当に極端である。一つの答えを聞くのにこれほどかかったのだが、「なぜ相撲を始めたか」なのだ。バカな脳をフル回転させて、まだがんばって聞いてみる。

「そうなんですね。で、島崎君はなぜ相撲を始めたのですか。すき焼きに釣られたとか」

　彼らがすき焼きを食べたことは知っているし、すき焼きを食べさせて相撲部に入れようとしていたことは明白であったので、また回りくどい答えにならないようにストレートに聞いてみた。島崎は少し斜め上を見てしばらく考えたあとに答えた。

「すき焼きが直接的な原因ではありません。すき焼きを食べたことが、間接的に入部にはつながったのですが」

　どっちなんだ……。

「間接的にはすき焼きで、直接的には何が要因ですか」

　私もこの短時間で彼の受け答えの動向がつかめてきたように思える。

「う～ん。直接的なことで言えば、お風呂屋さんの回数券ですかね」

「え？　そんなことで？」

私は意外な答えに驚いて、思わず少し見下すような言い方をしてしまった。しかし島崎はそれに気を悪くする様子もなく、初めて笑顔を見せながら答えた。

「クーラーがないんですよ、下宿先に。だから下宿先にいても暑いので、裸になって、しかもお風呂にタダで行けるなんて最高かなって。あっ、もちろん下宿先にはお風呂もないです。ですから部費でお風呂屋さんの回数券代を出してもらえるというのが、直接的な要因でしょうか」

びっくりした。京大生とは皆エリート確定コースであるし、京大生という看板を使えば高級な教育系バイトもたくさんありそうなのに、なぜそんな昭和の苦学生のような生活をしているのだろうか。がんばれば風呂付きの家に住めそうなものだと思うのだが。

「お風呂がある家に住めばいいのに。お金がそんなにないの？　家庭教師とか京大生ってだけで時給すごいって聞くよ？」

するとと島崎はまた面白いことを言った。

「青春ですかね。私は高校時代まで、親の言うとおりに文武両道に力を注がされ、自分の時間というものが全くなかったので、青春を謳歌したいということなのかもしれません」

青春を謳歌することと、貧乏生活を送っていることが、まだ私の中でリンクしていないが、彼らの「答え」までの導き出し方は少しわかってきた気がする。とにかく、ヒントを探るしかない。

「青春を謳歌することがイコール貧乏生活ということなのかな？」

「青春を謳歌することがイコール貧乏生活ということではありません」

「とすると、青春を謳歌することで貧乏生活になるということかな？」

「そうですね、青春を謳歌するゆえに貧乏生活になるということですね」

「ということは、相撲以外にも青春を取り戻すためにいろんなことに挑戦しているの？」

「いえ、相撲以外に何もしていません」

「では、相撲をすることが青春を取り戻すってこと？」

「相撲は今後その可能性を秘めていると言える部分はありますが、今までは相撲も障害だと思っていました」

「相撲も障害であると考えていたということは……それまでの二年間は何もしていなかったということ？」

この質問が、ようやく彼の芯を食った質問であったようだ。

「何もしていなかったです。何もしたくなかったんです。勉強も最小限にして、ぼーっと二年間を過ごしてきましたし、そうしたかったのです。

バイトはしていますが、最小限にしています。どうせ大学を出たら残りの人生の四十年間以上、遮二無二働かなきゃいけない。高校時代まで青春を謳歌することもなく、親の言われたとおりに時間を使ってきた。だからこの大学生の四年間くらい、ぼーっとしていたいと考えたのです。学生の間は極力無駄を省いて働きたくないのです」

彼の答えはここにあるようだ。しかし私は納得できなかった。働きたくないのに、相撲という無益なものに時間を浪費していることは、彼のポリシーと矛盾が生じないのだろうか。

「働く時間も使いたくないのに、対価が銭湯の回数券しかない相撲部に入ったの？」

「相撲は労働ではありません。お風呂回数券が対価かと言われれば、それは違います。お風呂回数券は相撲部に付随する特典であって、相撲をとったからもらえる対価ではないですから。

私は無駄なことをしたくなくて、ぼーっと二年過ごしましたが、すき焼きを食べていろんな人の話を聞き、あとの二年は無駄なことをして二年過ごしてみようと思いました。無駄なことができるのは学生の時くらいかなと感づかされまして」

ダラダラと話をしながら歩いていた。十分くらい経っただろうか、銭湯に着き、そこで自然と会話が終わった。彼との会話は今まで生きてきた中で一番頭を使い、新しい発見の連続だった。彼との会話にのめり込み、知らず知らずよそよそしさがなくなり、ため口になっていた自分にも驚いた。

無駄なことをしてみてもいいかなというのが彼の最終的な答えであったが、私も何かこの答えが心に響くように感じた。

核心ではないし、明確な私の答えではないが、答えにならないような答え。私にもそういう漠然とした動機があるように思える。相撲をする意義的なものが何か、漠然とさえ気付けていない私ではあるが、漠然としていても別にいいのだというような気がして、少し気が楽になった。


風呂上がりに川内が、いろいろ絡んできた。川内にもなぜ相撲を始めたか聞きたかったが、聞かなかった。彼らと話す脳の力が残っていなかったからだ。今度、脳と体に力がある時に聞いてみよう。

相撲を始めて一か月が経った。ほとんどコミュニケーションもとらないまま、勝手に彼らを変わった人間たちの集まりとしてとらえていた。だが、島崎と話す機会を得て、より変わっていることがわかり、そして変わっているが彼らなりの筋が通っていることが垣間見え、少し彼らと近づけた気がした。銭湯から上がると、部員たちは遅い晩御飯をとるために、必ず近くの中華料理屋に行く。私は誘いを断っていつも一人で帰るのだが、今度一緒に行ってみようかな。

第八章　居場所

　七月も半ばになり、わたしの通っている女子大の試験も終わり夏休みに入ったことで、相撲部の稽古によく参加している。参加していると言ってもマネージャーなので稽古をするわけではないが、ぐちゃぐちゃになっているプレハブの部室を掃除したり、申し合い稽古の勝利数をカウントしたり。そうしたこまごましたことをしに、週一回は来るようにしている。

　そのうち、部員から社会人の佐藤さんについての話を耳にするようになった。聞けば聞くほど変な人みたいだ。そしてみんな困っている。

　最初の一か月はコミュニケーションもとらず、黙々と稽古をしてひたすら投げられ、押し出され、負けまくって帰っていったのだが、ここへきて堰を切ったかのように急に話しだし、なぜ相撲を始めたのかだとか、なぜ京大に入ったのか、今どんな生活をしているのかなど、ありとあらゆることを聞いてくるそうだ。

　その変わりようにみんな驚き、長々と質問されることに辟易していた。さらに部外者なのに、稽古にもっと来ないのかとか、なぜ来られないのかだとか、いろいろ口出ししてくるようだ。すき焼きを囲むＯＢとの食事会を境にそうなったそうで、すき焼きを食べさせていたらこうはならなかったのではないか、という声さえあった。わたしも最近になって初めて会ったというのに、わたしに対してもなぜなぜの連続で、数回しか会ってなくても変わった人だとわかった。

相撲部内で佐藤さんには「どちて坊や」というあだ名がついていた。どうして？　どうして？　なんで？　なんで？　と聞いてくるからだ。

このあだ名をつけたのは江田だ。川内のあの怒涛のしょうもないギャグや下ネタにも喜んで付き合っている江田ですら、佐藤さんの攻撃に参ってしまい、「どちて坊や」というあだ名をつけたのであった。

今日は木曜日。平日の稽古は終わるのが七時から七時半の間くらいで、そのまま銭湯に直行しても、上がるのはだいたい八時半くらいになる。その後、ほとんどここ、「ゴカンベン」で遅めの晩御飯をするのが定番になっている。「ゴカンベン」は正式な店名ではない。本当は百万遍知恩寺が近くにあることから、「中華百万遍」という店名らしい。京大相撲部員は代々ここをそう呼んでいるので、今となっては本当のことはわからないが、一説によると、店主の大盛サービスが行きすぎて、誰かが「もうご勘弁を」と言ったとか、単に百万遍とかかっているだけだとか。店主は京大相撲部とわかると、勝手に恐ろしいほどの大盛にしてくれるらしい。

「どちて坊や」こと佐藤さんは、仕事に差し支えるからと、銭湯をあがるとさっさと帰ってしまうようで、今日もいない。私も神戸に帰らなければならないこともあり、いつもは稽古後すぐに帰るのだが、今日は「ゴカンベン」にて大事な話があるからと銭湯から出るのを待っていた。その話が「どちて坊や」こと佐藤さんについてらしく、超大盛チャーハンを食べながら、会議が始まった。みんな彼と少し距離を置きたいようだったが、主将である川内はそれでも彼を受け入れるべきだと言う。

「たしかに彼は変わってはる。そしていろいろ詮索してくることは正直めんどくさい。けど一生懸命に相撲をとる彼に、『稽古に来ないでください』とは僕は言えない」

それに対し誰も意見を言わない。埒が明かないのでわたしがストレートに切り出してみた。

「川内さんが相撲の世界に引き込んだんだから、川内さんが責任とるべきですよ」

そう言うと川内は唸ってしまった。唸ったあとにこう言った。

「まあ僕に責任があるのは確かやけど。でもなぁマネさん、京大相撲部の伝統として、彼は受け入れるべきだと思うんよ」

わたしはムッとした。厄介者だけど排除するのは嫌。わざわざわたしを残らせて、意見を求めておきながらわたしの意見を聞かないなんて、駄々っ子じゃないのだからどちらかにしてほしいものだ。

「なぜ受け入れるべきなんですか？　要は自分が、ちょっと控えてくださいって言いたくないからちゃいますか？」

わたしは川内が責任をとって損な役回りをしたくないから、そう言っているのだと思っていた。しかし、そうではなかったのであとから反省したのだが、その時はただただぬるま湯に浸かったような川内の態度に、イライラとしかしていなかった。

「僕の時はね、こたつや鍋はなかったのよ。あのスタイルを完成させたのは僕やからね。そやから『相撲部』にたどり着くまでは地獄やったな。大学に入ったら勝手に彼女ができて、楽しい毎日があるってそう思っていたもの」

そう言うと川内のことを慕っている江田がツッコミを入れた。

「え？　そうでしょう？　大学入ったら自動的に彼女ができるし、楽しい毎日になるんじゃないんですか？」

江田は、川内が彼女持ちではなく、楽しい大学生活を送ってないことをよく知っているうえで、ノリボケをかましました。

「ちゃうちゃう！　江田マンは入学早々にクソかわいい彼女ができたからわからへんねん。ほかのほとんどの先輩方もそうやったように、僕ら京大相撲部はどちらかというと底辺の集まりに近いんよ」

と真面目に答えた。そして、自分と相撲部をまとめて底辺と言っているのだが、ほかのメンバーは怒ることなくただ黙々と食べている。

「京大落ちて、慶應とか行ったやつが楽しくサークル活動して、彼女作ってるのを聞いたら、なんで京大受かってしまったのかなって思ったもんよ……京大に入ってまで底辺の生活するんやったら、慶應行って中の上くらいの学生ライフを送ってもよかったって」

それは、あなたのせいであって、慶應に行こうが京大に行こうが関係ない。むしろ慶應に行ったほうが、さらに底辺でみじめな思いをしたのではないかとツッコミを入れようかと思ったがやめた。川内は本当は打たれ弱いということが最近わかってきたし、変な真剣さを感じたからだ。ただ、川内の何でも受け入れるべきという甘さと、すぐに話の筋が逸れるのは気になったので軌道修正のツッコミを入れた。

「川内さんが慶應に行きたかったとか、今はどうでもいいですよ。それよりガツンというか、言うべき時は言うことが大切だと思いますけどね。何でもかんでも受け入れるというのもどうかと思いますよ。ほら、最近見学に来る、短髪で、髭もじゃの、小太りのおっさん。あいつなんなんすか？　あいつも川内さんが見学許可したって話じゃないですか」

「え？　苺ちゃんのこと？」

「は？　苺ちゃん？　え？　あの髭もじゃ小太り、そんな名前なんですか？」

「マネさん、口悪いなあ。言いすぎやで」

「いやいや、その苺ちゃんとやらに、わたし暴言吐かれてるんですよ？」

「何て？」

「『へえ、あんたがあの有名な幽霊マネージャー？　このまま来ないで幽霊のままでいいのに、何最近しゃしゃってんの？』って」

「そいつは傑作だ」

と川内は大笑いした。何が「傑作だ」だ。最近は幽霊ではないぞ。ちゃんとマネージャー業をし始めているではないか。腹が立つ。そうか、あの髭もじゃ小太りめ。わたしは「苺ちゃん」というあだ名で確信した。誰か、たぶん島崎を狙いに来ているに違いない。じゃないと、女性であるわたしに初対面でそんな悪態はつかないだろう。川内がわたしのことをバカにしてきたので、ちょっと攻撃的で意地悪な反論をした。

「大丈夫なんですか？　そんなよくわからない人引き入れて。何かよくないことが起こらないといいですけどね」

「え？　よくないことって何？」

「ええ？　だって絶対に……ね」

「あっ。ゲイってこと？」

「気付いていて引き入れたんですか？」

「ゲイの何が問題なん？　普通やん」

「普通ちゃいますよ」

わたしは攻撃的な口をきかれたこともあり、引くに引けなくなっていた。すると森下が、

「普通というものが何か、という定義がいるが、京大相撲部なんかより圧倒的に普通やな」

「そりゃ京大相撲部員は変な人ばっかで普通ではないですけど」

と言うと、森下は落ち込んだ様子で答えた。

「そういう意味じゃなかったんやけどね、確率的に。ＬＧＢＴって五％から一〇％って言われているんやで、一〇人に一人。京大相撲部は一〇〇〇人に一人。俺らの存在より百倍多い。それは普通に存在し、普通なことやと思うな」

「それに愛があれば何にも問題ないやろ」

と川内は島崎に向けて言った。

「まあ、それぞれが個々に普通と思って生きていて、そして他者から見れば、個々は全て普通ではない。それが個性だと思っていますので何も問題ないかと思います」

苺ちゃんというやつが想いを寄せているであろう島崎が、別にかまわないと言って

いるのだから、外野がどうこう言えない。

するると川内は続けた。

「去る者は追わず来る者は拒まずが相撲部のモットーやで。苺ちゃんもどちて坊やも、変わっているけど京大相撲部に楽しみを見出してくれたら……それでええんや」

川内はいつもとは少し違う雰囲気で、ぼそっと言った。

こんな表情の川内を見たことがない。すると川内はぼそぼそと話を続けた。

「たぶん自殺してたやろうな、僕は。この相撲部がなかったら。彼女はおろか、友達もできへんし、どこにも居場所がなくて、一人寂しく死んでいたかもしれん。冗談に聞こえるかもしれへんけど、ほんまにそう思う。ここで、先輩に優しくしてもらったから、生きている。それを僕は世の中に返したい。

苺ちゃんも、どちて坊やもええやないか。どちて坊やの言うとおりや。僕らは相撲部やで。相撲もっととっていいと思うし、そういうことを気付かせてくれはったんや。社会人になってから相撲なんかとる？　どちて坊やが相撲とるようになったきっかけは、僕が学生と間違えて相撲をとらせたことやけれど、そこから、ずっと来てはるんやで。偉いと思わへん？　偉い以上に、ここに来るしかない人なんかなって思わへん？　そんで苺ちゃんも、ここに来るしかない人ちゃうか」

わたしは川内の言葉にじっと耳を傾けていた。川内はここでひと息つくように水を飲むと、また続ける。

「あの人は何かあったんよ。京都に赴任してきはったって言ってたけど、ぜったい京都で何かあったんよ。京都は変化を拒絶する街や。よそもんにはほんまに冷たい。でもそれは京都を京都らしく存続させるために必要なことやねんけど、普通の人にはわからへんしな。だから相撲に没頭するしかないんちゃうかな。拒絶されるって本当につらいもんよ。僕もそうやったけど、誰にも受け入れられないってホントつらい。どちて坊やも苺ちゃんも、何かそんな気がする。

しかも偉いで、あの人。僕が『稽古でできないことは試合でできるはずがない。稽古で強くなること。稽古で身体が勝手に反応するくらい反復するように！』って自分もできていないようなこと言ったら、黙々と繰り返し同じことを稽古でするよ。試合に出られへんのに。森下が教えた『出し投げ』もずっと、繰り返し練習してはるしな。

相撲って中毒性あると思うねんな。ぶつかり稽古なんて、ヘトヘトになってから、そこから何本も押すやん？　あん時とにかく、押すことしか頭にないし、押すことのみに身体を反応させているだけやん？　ていうか押すっていう考えすら飛ぶくらいしんどい。もう頭真っ白になる感覚。ああいう一つのことに没頭して何も考えられないって、日常ではないやろ？　あの感覚。中毒性あると思うねんな。もう考え事したくないって時、何かに没頭して忘れたくなるやん。そういうふうに見えるねんな。何かやけくそのような……」

何も考えていないようないつもの川内との落差に、誰も反応できないでいたが、少し空気を変えたかったのか江田が軽口をたたく。

「川内マンも失恋すると強くなりますもんね」

ここでそんなこと言う⁉……って思ったが、川内はいつもの川内に戻っていた。

「そう！　あの感覚。失恋を忘れるため、ぶつかり稽古に没頭してもっともっと俺をかわいがって忘れさせてくれってなるんよ。だから僕は失恋を経て強くなったんよなぁ……っておい！　誰が失恋大王やねん、ドアホ。

ちゃうちゃう、いや違わへんけど、ぶつかり稽古を最後までやりきった時に、何か乗り越えたような感じになるやん。あの感覚に浸りたくて来ている気がするな。だから、どちて坊やと苺ちゃんがここにいるしかない人なら受け入れてあげるべきや」

森下も川内に続く。

「たしかに、佐藤さんええ人ですよ。まじめやからこそ、我々がサボっているように思えるんちゃうかな。僕がよく土曜日に稽古にいてへんのは、パチンコに行っているからだって言った時はめちゃくちゃ怒ってはりましたからね。

でもあれは、特技を生かしたバイトなんやってちゃんと説明して、統計学的な見地として一日中打ち続けたほうが勝てる確率が高いことなどしっかり研究してやっていて、どちらかというと、一日で七日分の稼ぎを出しているからむしろほかの日に稽古に来られるんだってことと、パチンコは精神的に鍛えられ相撲にも活かされることなどをちゃんと説明したら納得してくれましたよ」

「そうっすよね。僕らもちゃんと話さないといけませんね。稽古をサボっているわけやない。学費や生活費を稼ぐために、また研究のために相撲を一番にできないことがあるってことを」

江田も真面目に答えた。しかしちゃんとオチを用意していた。

「まあ川内マンの場合は、定期的な失恋での稽古さぼりはありますけどね」

「は？　あれは公欠やろ？」

川内はわざと真面目な顔を作って言った。

ここで「ゴカンベン」の店主が食べきった器を下げに来て、

「閉店時間はとっくに過ぎてるよ！　毎度毎度勘弁してヨ」

と言った。

わたしは油でベトベトするメニュー表を確認した。営業時間は午前十一時より午後九時までと書いてある。え？　入店した時、すでに八時半は過ぎていて、もう十時に迫ろうとしている。

部員たちは、残っている餃子や天津飯、焼きそばに再度アタックを始めた。話は終わっていないが、残すのも失礼だから仕方ない。というか、ギリギリに入ったにもかかわらずあんなに大盛の料理を出したら、そりゃ時間食うだろうと思ってもみたが、店主がイライラしてることが伝わってくるので、わたしはとりあえずまとめることにした。

「佐藤さんの変わっているところは、いい面を見るようにする。どちて？　どちて？ってくるけど、ちゃんと話をする。稽古来られへん理由はしっかり伝える。京大相撲部がやっている稽古のやり方も、ほかと違うけど意味があるのだとちゃんと話しましょう」

「そうやね。その辺はちゃんと話せば大丈夫やろう」

と川内もまとめた。しかし、彼を受け入れるなら最後に重い議題が残っていたことを忘れていた。

「で、どちて坊やさんからの『あの申し出』はどうしますか」

江田が思い出して川内に聞いた。

「そうや。その件な。僕は佐藤さんの申し出を受け入れたい」

「大丈夫なんすか？」

「大丈夫かどうかはしらん。でも何かあったら僕が責任を取る」

第九章　相思相愛

相撲部の面々を好きになり始めたのは、彼らのことを知るようになってからだ。彼らとの会話は面白い。普通出てこないような答えや、切り口が面白い。謎解きをやっているような感じだ。今日も稽古が終わり、銭湯へ行くまでの道のりでいろいろ話をしてみた。

ちょっとしつこかったかもしれないが、少しずつ彼らが心を解放してくれたことによって、私の心もどんどん解放されたようであった。

とくに江田に、なぜ相撲部に入ったのか、相撲を始めようと思ったのかを何度も何度も聞いたが、自分でもどうして相撲を始めたのかわからないようだった。いつも「理由なんてないです」と素っ気なかった。何度目かの問いかけに江田は「う〜ん」と悩んだあと、「理由なんているんですかね」と返してきた。いつもと同じ答えだと思っていたら、そのあとに続けた。

「登山家が山に登る理由を聞かれたら『そこに山があるからさ』って答える、あんな感じですかね」

　私はチャンスと思い、間髪入れず聞いた。

「そこに土俵があったからさ、というわけ？　でも土俵があったからってどうして相撲をとりたくなったの？　どうして土俵があることで相撲をとりたくなるの？　どうして？」

「僕……あまりにも佐藤さんが熱心にしつこく理由を聞いてきはるから、答えになってるかわからへんけど、いろいろ考えたんですよ。

　うちの大学の教授って、変なことばっかり研究してはるんですよ。たとえばゴリラとか、微生物とか、岩石とか。たぶんですけど、教授さんたちって別に意味があって研究してないと思うんですよ。ただ好きだった。昔から興味があっただけやと思うんですよね。それを追求したくて京大に来て、それを追求していたら社会に貢献できる研究だったみたいな。

　最近日本人のノーベル賞受賞者が増えているのは、そういった結果を求めない余裕のあった時に研究を続けてきた人であって、昨今のすぐ結果を求める風潮だと将来ノーベル賞が出なくなるって聞きましたし」

「では江田君は相撲が好きだったのかな」

「うーん……見るのは嫌いではなかったですけど、とったことはなかったし、好きだったから始めたわけではないと思います」

「ではどうして好きでもなかった相撲を始めたの？」

「高校野球とか見て思いませんか？『皆様に勇気を持ってもらうためにがんばります』って球児たちが真面目に言っているじゃないですか。あれっておかしくないですか。

地域の人が高校生のプレーを見て、がんばれ！何か若い子らがあんなにがんばっていていいな、私らもがんばらなくては！と勝手に勇気をもらえたと感じるのはいいけど、選手が意識してすることではないかなって思うんです。

彼らは野球を純粋に楽しめばいい。彼らの純粋なひたむきなプレーがあって、それを見た人があとで各々が彼らからパワーをもらうのであって、高校球児はパワーを送ろうなんて思わなくていいのではないかと。

つまり何が言いたいかというと、道は歩いたあとにできるということです。だから、だからですね。意味はあとから勝手についてくるのではないでしょうか。だから理由なんて必要でしょうか」

「でも、でもね。その最初、どうして相撲部に入ろうとしたかってこと。意味を求めて入ったわけではなくても、相撲を選んだ理由ってあるでしょう。きっかけというのかな。私みたいにたまたままわしを巻かされて、悔しいという想いができて通っているような、そんなきっかけ」

江田はまた唸ってしまった。唸ったあとに黙り込んで目を左右にぎょろぎょろさせて脳をフル回転させているようだった。そして漫画でよくあるような頭の中の電気が点灯した時のように目がばちっと開き、閃いたようだ。

「僕の生き方の哲学的なものかもしれないです。僕は人がやっているとやりたくなくなるし、やりたがらないことを逆にやりたくなる。特に無理だと言われたらやりたくなるんですよ。京大もね、絶対に無理だって言われたんです。だから絶対に合格してやるって思って勉強しました。

大学に入ったらスポーツを何かやりたいなって思った時、大学から始められるスポーツってあまりなくて、その中でもみんながやりたがらない珍しいものということで、相撲部が選択肢に入ったのもあるかもしれません。また相撲をやっているということでの自己陶酔のようなもの。あれはそういうことを言っているのかなっと思っています」

「今言った『あれ』は何をさすの？　どの『あれ』がどの『そういうこと』なの？」

「ああ、『ノスタルジア』です。『君とノスタルジア』という立て看板、見たことないですか。あれです」

私は忘れていた。そう、最初この道場を訪ねた時に見つけた立て看板。そこには確かに「君とノスタルジア」と書かれていたし、ホームページにも書かれている。

「あれ、僕らが書いたタテカンではないんです。もう少し上の代の誰かが書いたそうで、真相はわかりません」

「わからないのに使っているの？」

「僕は相撲にノスタルジーを感じます。その時代を生きたわけではありませんが、昭和の古き日本の風景が浮かびます。二十一世紀にまわしをつけて、裸同然で泥だらけになって、そのあと汚れた足なので下駄を履いて銭湯に行くというのはノスタルジックなことではないでしょうか。心を純粋にそして、ノスタルジックなことをやっている自分に酔いしれて、稽古に励むことができている気がします。人がやらなくなってしまったこと、人が捨て去って忘れてしまうようなこと。でもそんな変わらないノスタルジーな世界があっていいと思うし、守らないといけない。だから私は立て看板もそのままにしています。この相撲部の伝統を守ってもらう、守ってみてもいいかなって思える『君』と出会うために」

　私は彼の言っていることの大半がわからなかったが、何となく心には響いた。私もそうかもしれない。相撲というものを通して、こんなことをやっているんだぞ！　こんなこともできるようになったんだという自分の成長に対して酔いしれたいのかもしれない。そして、こんなノスタルジックで何の役にも立たないかもしれないことを、必死でやっている彼らの仲間になれたこと。それだけで私が相撲をしている意義があるように思えた。

江田とのこの会話があってから、彼らと相撲が好きだということが自分の中で明確になった。私はこれまでどおり、遅れてでも全ての稽古に参加している。しかし、そのモチベーションは、悔しさからくる「勝ちたい」から、彼らのために「相応しい稽古相手になりたい」に変わっていた。

相変わらずほとんど勝てない。相撲歴のある先輩方に勝てないのは仕方ないとしても、ほとんど同期入部の島崎にも全く歯が立たない。彼は柔道で培った基礎体力に加えて、柔道と相撲をミックスしたような投げを繰り出すので、いつもぶん投げられてしまう。今日も稽古中だが、アグレッシブにどうすればいいか彼に聞いてみた。

「どうやれば、そんなに投げられるようになるんですかね。どうやれば強くなれますか」

すると島崎は少し考えてから意外な返答をした。

「なぜ強くなりたいのです？」

「相撲をやっていて勝ちたいと思うのは普通だと思うのですが」

「なぜ勝ちたいと思われるのですか。大変申し訳ない言い方ですが、試合に出られないのに何のために強くなりたいのかなと思いまして」

「なぜそんなことを聞くのです?」

島崎は少し周りの部員を見て、確認をとったような感じを見せてから話を再開した。

「佐藤さんはよく、どうして相撲をとっているのか? どうして相撲を始めたのかを皆さんにしつこ……いや、熱心に聞いておられたので、ちゃんと根本原理を理解したほうがそれに沿ったアドバイスができるかなと思いまして」

なるほど。一理ある。

「最初は……悔しくて始めたので、負けると悔しいからただ川内さんに勝って自分の思いを晴らそうということだったと思います。ただ最近は、皆さんの役に立ちたいというほうが強い気がします。だからこんなに弱くてはご迷惑をかけてしまうので、稽古相手としてふさわしくないのではないかという焦りからの勝利欲求かもしれません」

私は自分ですらすら理由が出てきたことに驚いた。ただ、これが私の本心全てではなかった。

「別に弱くてもいいじゃないですか。稽古相手に相応しいとかそんなことは考えないでください。弱くても稽古相手が増えるということは、私たちにとってとても有益なんです。少しでも型の違う相撲をとる人と体を合わせておきたい。十一月のインカレまで、少しでもいろんな人ととれるだけで私たちはありがたいのですよ」

それにかぶせて、珍しく森下が割って入ってきた。

「自分より弱い相手と相撲をとることは、いろんなことを試せますし、いろんなことを確認しやすくて僕もありがたいです」

「ひどいな。これじゃ佐藤さんが弱い相手で、余裕をもっていろいろ試しながらでも勝てちゃうって言っているようなもんやで、森下」

「ちゃうねん、川内。佐藤さんが役に立ちたいっておっしゃられているから、役に立っていているのですよってことを伝えたかっただけや。すみません。というか本音で話すと、僕は京大相撲部の中で一番強いって思ってます。でもそれは体格的有利さだけで勝っているだけ。二部リーグとしては一八五センチという身長は高いほうだし、九〇キロの体重も重いほうだと思う。だから僕はいつも自分より小さく軽い相手にはめっぽう強いのは、佐藤さんをはじめ、みんなとの稽古で確かめさせてもらっているおかげです」

「ダメ押しで俺らが小さくて弱いって言い直しているだけやで」

　川内がしてやったりといった顔で笑いながら言った。だが無視をして森下は続けた。

「僕は川内より強い。これは何度も稽古しているからわかるでしょう。ほとんど僕が勝ちますよね。でもそれは川内が僕より役に立たないという証明ではない。AがBより強いが、AはCにいつも負ける。しかしCはBにたまに負ける。この場合、AとBのどちらが役に立つかということは、一概には言えないということです」

私はもうAとかCとか出てきた時点でついていけなかったし、「強い」「勝つ」「負ける」という、似ているがニュアンスが違ってくる言葉を使うのでより混乱して、一瞬では理解できなかった。しかし、みんな理解しているようで誰も止めない。森下は続けた。

「僕は自分より弱い相手に確実に勝てるが、自分より大きいとか自分より強いとわかっている選手に勝てないタイプ。川内は意外性があって、自分より大きい相手や、いつも負けるような相手にたまに勝てるけど、勝てそうな相手に取りこぼしがあるタイプ。どちらが強いか、役に立つかというのは、場合や場面によって変化するということ。だから一次的要因で単純に優劣をつけることは得策ではないし、これこそ無意味だと思います」

「あ！　それそれ！　次のインカレの戦略!!」

川内は森下の考えを瞬時に吸収し、ほかのことを思い出したらしい。もう私の強くなりたいという想いへの解答は忘れ去られてしまったようだ。

「ああ、インカレのことね。いつもの対戦順を変えたいと川内に言われてて、インカレの団体戦の先鋒、二陣、中堅、副将、大将と、そろそろ順番を決めておかないといけないから、その前にマネージャーさんに頼んでデータを取ってもらったんよ」

そう言って森下がマネージャーの中畑のほうを向いた。すると土俵下でメモを取りながら稽古を見ていた中畑は、慌てて部室へ走っていくと、紙を手に戻ってきた。

「データ、今日必要なら言っておいてくださいよ。まあ持ってきてたからいいですけど」

中畑は少し不服な感じで紙を配った。私のぶんもある。

みんな稽古をやめて、土俵の中央に紙を持って集まった。まるで大相撲の物言いの時に親方たちが集まっているような光景だ。

「中畑マンレディー。お願いします」

「あっはい、川内さん。今までの京大相撲部のメンバーの勝率を出してみました」

その数字は意外であった。京大相撲部の最強である森下の勝率が低い。

「ほら。予想どおり俺はみんなに勝てるけど、数字上、役に立っていない」

森下が悲しそうに言った。

「森下先輩の指導のもとに出したデータですよ。役に立つ、役に立たないことを証明するために出したわけではありませんから。次のデータを見てもらっていいですか」

中畑はそう言って次のデータを示した。

「各大学の大将に入る選手のデータです。これを見ても大将に当たる選手は平均的にほかの選手より体重が重いです。体重が重い＝強いということを一概には言えませんが。常識的にも大将にその部で一番強いやつをもってくるのは定石ではありますね。

二対二で回ってきた時に、また二敗しても最後勝てるという安心感を与えられますから」

　四方からのアブラゼミの鳴き声がうるさく、暑さが増す中、みんな真剣に話を聞いている。少し間があったあと、江田が手を挙げた。

「データとか取ったわけではないけど、いいですか？　大将の次に重要視しているのは、先鋒と中堅な気がしてて。最初に一勝したら、四人で二勝あげればよいという心境になってずいぶん心理的に楽だと思うんですよね。逆に初戦で負けたら、あとの四人で三勝あげなきゃならないと心理的圧迫になると思うんですよ。で……次に中堅を重要視するのは、もし先鋒が負けて二陣が負けて二敗で回ってきたら一勝確実にかえせる人じゃないといけないし、一勝一敗できても、中堅が勝てれば、副将と大将どちらかで一勝あげればいいとなって心理的優位になるし」

「一番目、三番目、五番目に勝てる人物を置きたいというのが普通やもんな」

　と川内が続けた。

「そうなんです。だからわたし、考えたんです。京大相撲部は逆をつきませんか？」

「逆？」

「一般的な戦略と逆です。一番強い森下さんを四番目に。そして次に強い川内さんを二番目の二陣にする……」

「俺を大将にしないほうがいいのはなんとなく勝率でわかったけど、四番目の副将に置くのはどうかな」

　森下が意見を述べる。

「ほとんどのチームは四番目の副将に、五人の中では一番弱い人を置く傾向にあります。というのも、ここに回ってくる時の勝敗は三パターン。『〇対三』『一対二』『二対一』の三つ。『〇対三』の時は勝っても意味がないし、『二対一』の時は負けても次がある。『一対二』の時は大事ですが、確率的に重要な場面になるのは三回に一回。三三％」

　それに対してマネージャーの中畑がきっぱりと言う。彼女がこんなに生き生きしているのは初めて見る。

「うちの目標は三部リーグ優勝で、最低でもベスト4に入ることですよね？　ベスト4以上に入れば、次の日の二部リーグの予選トーナメントに出場できますし。うちは西日本学生相撲選手権で最下位だったので、一回戦からの出場は明らか。二回勝てば、ベスト4をかけた三回戦になります。三回戦から出てくる大学は、たぶん東日本からは東大・早大あたり、同じ西日本からは、竜山大・名京大あたりの格上のチームです。この格上の大学の五番手にあたる相手が副将戦に出てくる可能性が高くて、格上の大学でも五番手の選手なら森下さんは勝てます」

「たしかにな。俺この四つの大学の大将には勝てる気がしないけど、ここの五番手には勝てる可能性高いな」

見事な分析だと思った。うちより強いところに勝つには、相手校の穴に当たる選手に確実に勝って、絶対勝てないような強い相手にはうちの弱い選手を当てられたら団体戦勝利の可能性が上がるのは確かだ。

しかし、よくわからないところがあった。なぜ三回戦に出てくる大学がわかっているのだろう。すると島崎が私の思っていた質問をした。

「なぜ三回戦から出てくるチームがわかるのです？　彼らだって負ける可能性はあるのでは？」

「ちょっと待ってくださいね」

中畑は一度土俵を下り、部室から汚いパンフレットを持ってきた。

「去年のインカレのパンフです。ここ、トーナメント表を見てください」

トーナメント表を見た。何かいびつな形をしていた。中畑はこの様式を知らない私と島崎に対して丁寧に教えてくれた。

「西日本学生相撲選手権とは違って、全国学生相撲選手権、通称インカレの団体戦では、全国大会になるので、東西の上下二つのリーグを足《た》して三つに分散して振り分けます。京大は三部に入ります。三部リーグと二部リーグに関しては、弱いチームから始めて、より強いチームはあとで出てくるパラマストーナメント方式というものを採用しています。ここにある変則トーナメントがそうです。全国の相撲部を集めて大会を行うので、時間短縮のために下部リーグは一発で終わってしまうトーナメント方式を採っています」

彼女が三部リーグのトーナメント表を見せてくれた。プロ野球のクライマックスシリーズで、二位と三位が先に対戦して、その勝者が一位と対戦するあの形である。

最初に弱いチームの対戦を行い、次にその勝者と新たに初めて試合に出るチームと対戦する。その勝者と次にまた新たに初めて試合に出るチームと対戦する形だ。極端に山の偏った勝ち残り式トーナメントであり、強いチームはあとに登場するようになっている。

リーグでの上位四チームは準々決勝から出場するので、一回勝てば準決勝進出（四位は確定する）で、優勝するには三回勝てばよい。逆に京大相撲部はリーグ内でも最下位に位置するので、三回勝たないと準決勝には進めないし、優勝するには五回勝たないといけない。

大相撲では一日一番しか相撲をとらない。それは稽古と違い、本番は一番とるだけで体力と精神力を大きく消耗するからである。アマチュア相撲だって同じである。試合はとても体力を消耗するが、アマチュア相撲の性質上、一日に何番もとらなくてはならないので、この変則トーナメントは弱いチームにとっては余計に不利になってしまうようだ。

「この三回戦から出てくるチームは、東西の二部リーグのベスト4の大学になることが多いんです。優勝・準優勝チームはインカレでも二部リーグに所属し、それ以下が三部リーグに振り分けられます。西日本学生相撲選手権で三位の竜山大、四位の名京大と、東日本学生相撲選手権で三位の東大、四位の早大が有力ってことです。この四校も過去の大会のデータを見ると先鋒・中堅・大将の一・三・五番目に重要選手を置くパターンを使っています」

中畑の言葉に、川内もいつになく真剣な顔をしている。

「俺を二陣に置く意図は？」

「言っていいですか？　駄目って言っても言いますよ、チームのためですから。あのね、川内さんってプレッシャーに強そうで弱いんですよ。大胆に塩撒いたり、たまに大物に勝ったりするからそう思われていないんですけど、データ上、ここぞっていう時に負けていると出ています。チームの勝利に関係ない時や、相手が強すぎて負けて当たり前の時に力を発揮しているんです。だから確実に勝ってもらいたいという意味での二番目であり、二番目ならこの勝負に勝たないと全てが終わるということはないですからね。副将のように、三回に一回の確率でいきなりプレッシャーがかかる大一番になることすらないから、一番いい配置かと」

　私が初めて松尾大社で川内を見た時は、負けはしたが、一部校に大善戦していた。二度目に大浜相撲場に見に行った時は、個人は調子よかったが、先鋒なのにいきなり決定戦になってしまった大阪府立医科大学戦で、緊張した感じが見受けられ負けていた。

　このマネージャーは何もしない置物マネージャー、いや来ないから幽霊マネージャーとも揶揄されていたが、こんな分析までしてくれていたのかと感心した。そう言えば最近、よく稽古も見にくる。たぶん、ＯＢと会ってからだ。すき焼き効果、恐るべし。

「たしかにね。川内を副将に置くより、俺が副将のほうがいいな」

「こら、森下。何、わろてんねん。ほんで、誰がプレッシャーに弱いっちゅうねん。でもしゃーないわ。二番目でやったるわ。で、中畑さん、あとの二人、どっちをどう置く？」

「そうですね。というか助っ人って呼べそうですか。呼べなそうなら不戦敗をどこに置くのかも考えないと」

「あかん。今年はほとんど同じ日にインカレがあるから、体育系部活からは借りてこられへん。あと部活やってない動けそうな友達にもあたったけど、あかんかった」

川内が首を振りながら言った。ほかの三人も同じように首を振った。私はここで手を挙げた。

「え？　佐藤さん、京大に相撲やってくれる知り合いいてはるんですか？」

中畑がびっくりして言った。

「え！　いてはるんですか」

ほかの部員も口々に言った。

「いてはらない……いないです。すみません」

私は知り合いを推薦するために手を挙げたのではないので謝った。

「そうですよね。いてないのが普通ですから、気にせんとってください。何か質問ですか？」

落胆したトーンで中畑が言った。

「いえ、質問ではありません。ただ……私が出ることは可能かなと思いまして」

第十章　究極の個別最適化

どちて坊やの佐藤さんが、京大生になりすまして試合に出たいと言いだした。みんな黙ってしまったので、マネージャーのわたしが代表して「まああそれは無理ですよ」と最初は窘《たしな》めた。しかし彼は諦めなかった。しっかりした下調べをしての発言であったからだ。

まず島崎が三回生なのに、一回生で登録している件を突いてきた。すでに不正を行っているのだから、一つ不正が増えるだけだとごり押ししてきた。結局そこでは結論が出ず、いったん持ち帰ることになり、みんなで川内に断ってもらうように説得しようとしたら、逆に川内が責任を取るということで承諾してしまった。

しかし川内が責任を取るということに対して、佐藤さんは断固反対した。自分が勝手に志願したのだから、佐藤さん自身が責任を取るのが筋だと言って聞かなかった。というか、バレないとも言いきった。出場者の登録申請用紙に写真はいらないし、京大の三回生に同姓同名の人がいるらしく、もし調べられた場合でも京大に名前が存在するからだと。佐藤さんが同姓同名の別人に化けて嘘をついて京大相撲部に潜り込み、京大相撲部は騙された側にすればいいのだと。

さらに念には念を入れて日本相撲連盟の規約を読み込んで、登録者の除名はできるようだが、相撲部自体の処分や連盟からの除籍については書かれていないし、法学部の川内も規約を読んで、この規約なら京大相撲部自体を連盟から除籍はできない、もし除籍になったら法的に勝てるとも言った。

佐藤さんが、「京大相撲部が処分されないことがわかったのであれば、なおさらで、私が永久に相撲大会に出られなくなっても、もともと出られないのだから何も問題はないでしょう」と言った時には、ほかのメンバーもしぶしぶ納得してしまった。

どちて坊やが志願した全国学生相撲選手権大会まで、あと一か月ほどになった。

この大会は十一月最初の土日の二日間をかけて行われる大会で、一年で一番大事な大会と言っていい。

世間的な総称では「インカレ」と言われるもので、この大会で個人優勝すると「学生横綱」の称号がもらえる大会だと言うと、何となくわかる人も多いのではないだろうか。

初日が三部リーグの団体戦と全体の個人戦、二日目が二部リーグ以上の団体戦になっている。隔年で、大阪堺市の大浜公園にある相撲場と東京両国の国技館で大会が行われ、今年は国技館で行われる年だ。

個人戦は西日本学生相撲選手権のようにリーグごとになっておらず、一部リーグの大学から三部リーグの大学まで全て混合で行われるので、はっきり言って勝ち残ることは不可能だ。だからあまり重視しておらず、京大相撲部は三部リーグの団体戦に全てをかけ、目標は優勝、最低でも翌日の二部リーグへの参加資格となる三部リーグベスト4の成績を残すのが目標だ。

東日本の大学と合わせると、西日本の二部リーグ上位二大学は今大会のインカレの二部リーグに、西日本学生相撲選手権でベスト4以下の大学は、最下位であった我ら京大相撲部を含め予選敗退した大学もインカレの三部リーグに振り分けられた。

東西の二部リーグベスト4だった、東大、早大、竜山大、名京大のどこかとベスト4を懸けて戦うことになりそうだ。

この大会で、四回生の川内と森下は引退である。もし来年新入部員が入らなければ、部員は二人になってしまい、大会に出場することすらできないかもしれない。四人と偽物の一人だが、五人そろっているのだから三部リーグで優勝したい。そして最低でも二部リーグに参加したいと、みんな意気込んでいる。

意気込んでいるはずなのだが、どうも気合が入っているのはマネージャーの自分を含め、京大生以外ばかりに思える。佐藤さんは稽古によりいっそう力が入って、勝った理由、負けた理由を「どうして？　どうして？」と逐一聞きまくって強くなっている気がする。冬井さんはいつもどおりではあるが、稽古にフル出場で、最多の番数をこなしている。

そんな中、わたしには気がかりなことがある。苺ちゃんが、相変わらずわたしにだけ当たりがキツいのだ。

苺ちゃんは、わたしを「女」としてライバル視し、嫌味を言ったり小さな嫌がらせを繰り返してきている。その事実を相撲部の面々は知らないのだ。

だがわたしも負けるわけにはいかない。というか、何でこんなに対抗心を燃やしているのか自分でもよくわからないが、女性マネージャーはわたしだけだということをアピールして、あえて「苺さん」と呼んで、少しでも距離を取るようにしていた。そんな犬猿の仲のわたしですら、苺ちゃんを認めなくてはならないことが起こった。

九月の初旬、大学の夏休み期間のゼミ合宿に行き、稽古に一週間以上来られない時期があったのだが、その間に何と、苺ちゃんが上半身はTシャツ、下半身はスパッツははいてはいるがまわしを巻いて稽古に参加するようになっていたのだ。

どういう経緯でまわしを巻くことになったのかはちゃんと聞けていないが、稽古を見ていたらいてもたってもいられなくなり、何か手伝えることはないかと、苺ちゃん自ら稽古相手を志願したそうだ。

背は高くないが、ガタイがよく、中年特有の太鼓っ腹で、ほかの部員より相撲取り体型であり、稽古相手やぶつかり稽古の相手としてとてもいい「マト」のようで、あっという間に重宝されるようになった。

稽古している時は真剣で声も野太い。「相撲に関しては真剣。プライベートは持ち込まない」と宣言し、純粋にみんなをサポートしている苺ちゃん。その貢献っぷりに、川内からも愛と正義の追求者の称号「マン」を与えられて、「苺ちゃんマンレディー」という、よくわからないカオスなあだ名になっていたが、わたしもこの一件以来、苺ちゃんに一目置くようになった。苺ちゃんは、もうすっかり相撲部の一員だ。わたしの見る目が変わったからか、わたしへの当たりも弱くなってきたような気がする。

京大生以外の人間がこんなにがんばっているのに、相撲部員たちには疑問が多い。

森下はだらだらと気の抜けたような相撲をとっているように見えるし、川内はわざと大げさに、押し出されて負けているように見える。江田にいたっては、勝つたびに土俵下の草むらに生えている、秋になってまた咲き始めたたんぽぽを摘みに行っている。どういうことなのか。花占いでもしているのだろうか。そして島崎に関しては、いない。稽古に来ていない。

島崎がこの時期にサボることは考えられないので、逆に体調不良や、はたまた何か事故に巻き込まれたのでないかと心配になって、わたしは森下に聞いてみた。

「あのう。島崎さん、何かあったんですか？」

「島崎？　ええ感じに仕上がっているって聞いているよ」

「え？　伝聞？　聞いているってことは会ってないいんですか？　彼はどこで何をしてるんですか？」

ここに川内が割って入って答えた。

「柔道をしているナリ」

アニメのキャラクターのような言い方をした川内にわたしがキレそうになっていると、それに瞬時に気付いたのか、今度は江田が口を挟んできた。

「川内マンは決してふざけておりません。今、家庭教師先の生徒が、古典を不得意とされていてそれを教えているので、ついつい古典の伝聞推定の『なり』が自然と出たのだと思われます。この場合は『伝聞』ですよねぇ！　先輩！」

川内はわたしがイラッとしたことに全く気付いていない。

「江田マン！　はやく稽古するべし」

「え!?　『べし』は推量・意志・可能・当然・命令・適当といっぱい意味あるやつでしょ？　稽古しよう！　という意志か、稽古しなさいという命令か……ここは川内マンが大先輩ですし、文脈的にも命令ですね」

「ここはね、先輩風を吹かせて『命令』やで。ようわかったな」

こうやってすぐに話がずれ、そして勉強ネタですぐ遊ぶ。青春時代の大半を勉強に捧げてきたからそうなるのであろうか。

わたしは脱線することを予想して、あえてこの二人には聞いていないのに、勝手に入ってきて、勝手に散らかしていく。イライラさせるプロだ。助動詞「る」に話題が移っている二人を無視し、気を取り直して、森下に改めて聞いた。

「で、その伝聞的なご発言でしたが、この大事な時期に柔道をされているっていうのはどういうことですか？」

イラついたまま聞いてしまった。しかし森下はそんなことはまったく気にするそぶりもなく、いつものように数字を絡めて淡々と答えだした。

「自分より強い相手が二部校にはたくさんいて、小さい頃から相撲をやってきている者と大学から始めた者との時間的経験的技術の差の不利だけではなく、長年かけて作り上げた相撲体型においても勝てるはずはない。といってあの相撲体型を我々が作り上げるには、数か月では足らず、一朝一夕ではできない。そこで確率論的にどこに勝機を見いだせるか分析して、相撲の基本データを数値化してみたのよ。

仮に相手が自分より大きく、相撲経験者だったとして、体重が四、攻撃が四、防御が五、スピードが三だとする。島崎は体重二、攻撃二、防御一、スピードは四、これくらい差がある……」

「ということは、スピードで勝負するってことですか?」

「いや違う。スピードが勝っても、それに伴う攻撃力がないと勝てないし、防御力もないので勝てない」

「じゃあ、どうすることもできなくないですか」

「どうにかするしかないのよ。そこでの柔道。彼の相撲での攻撃力は二。でも柔道なら七くらいの切れ味がある。だから確実に差がある場合は、いかに相撲をとらないで柔道の技を一発繰り出せるようにするかがポイントになる。だから今、柔道部にお願いして、柔道の感覚を取り戻すべく柔道に専念しているってこと」

五段階だったのに、急に「七」を出してくるのはちょっと、どうなのって思ったが、理論的に納得した。森下は続けた。

「俺もね、自分をとことん数値化して、自分の強みである体重や身長を活かした相撲は何かということで、完成しつつある。まあちょっと見てて」

と言って土俵のほうに向かった。そして、冬井さんや、苺ちゃん、どちて坊やと化している佐藤さんと、相撲を連続でとった。

しかし、その様子は変だった。いつものような森下ではない。何だろうか、躍動感がなく、もたついている。そしてとにかく、一回一回の取組が長い。全然攻めないで受け身だし、最後は勝つが、相手が根負けして、体力を失ってボロボロになって負ける感じだ。

一番一番が長かったせいか、冬井さんと、苺ちゃんと、佐藤さんと二回ずつ相撲をとったら、森下もボロボロになってゼイゼイ言いながら下りてきた。

「どう……はあはあ……わかった？　はあはあ……」

わたしは正直に言った。

「わかりません。勝ててはいましたが、自分から攻めていないし、受け身でずっと攻められているし、膠着状態が長いし、あまり強くなったようには見えませんでした。相手はガス欠というか、息が切れて、体力がなくなったから負けたようにしか見えませんでしたが」

正直に見たままを答えた。すると森下は意外な返答をした。

「よかった。そう見えていたら、だいたい正解」

え？　正解？　正解した本人が全く理解できない正解は初めてだ。森下はわたしのそんな表情を見て、理由を話してくれた。

「自分を分析して数値化した時に、やはり俺の強みは身体の大きいところで、自分より小さい相手への勝率が高いところやねん。その勝てる確率をさらに上げることを考えてみて、この相撲に行きついたんよ」

行きついた理由はわかったが、受け身でボロボロの相撲でどう確率を上げるのかはまだわからない。

「で。どう勝率を上げるんです？」

「簡単に言うとね、血中酸素濃度」

京大相撲部員は、答えが回りくどいか、答えしか言わないことが多くて困る。今回も答えだけ言われてもわかるはずがない。表情で察したのか、説明を続けてくれた。

「体躯的に自分より体の小さい人は、相撲が長引けば長引くほど、血中酸素が不足していく。大きいものを押すというのも大変体力と酸素を使う。こちらも疲れるけど、なるべく守備だけに重きを置いて、相手の撹乱作戦にも乗らず、とにかく耐えることに集中すれば体格差で耐えられる。そこで向こうが息切れして、スピードも出なくなったところをじわじわと押して仕留めるっていうこと。数字で表すとね……」

やはり数字が出てきた。

「体力と体重、スピードなどを数値化すると、体力五、体重五、スピード二の俺と、向こうが体力四、体重三、スピード五だとするやん。一分もすれば、俺は体力二、体重は減らず五、スピード一になっているけど、向こうは体力一、体重三、スピード一になってる。となると、いつ勝負するのか、という話。自分も弱るが、相手もより弱めて、確実に勝てるようにしてから勝つ。そのほうが突発的な負けを防ぐことができる、そういう相撲。勝てる時期を辛抱して待つ。これが耐久パチンコ相撲ってやつやねん」

相撲に血中酸素の濃度まで考えているのかと感心した。いろいろ意味がある。意味がないようで意味があったりなかったり。

京大と東大の違いを大きく分けると、研究機関養成校と官僚養成校であると聞いたことがある。京大は相撲においても仮説を立てたら、実証する。いろんな角度で、常識にとらわれず、個人個人が考え抜いての行動のようだ。

だから今、土俵で行われている謎の行為も意味があるのだろう。

苺ちゃんと佐藤さんは冬井さんの指導のもと、土俵際で抱き合っては、土俵下にもつれて落ちることを繰り返しており、「遠慮せんと、俺のこともっと抱きしめろ‼」と苺ちゃんは真剣に怒っている。その行為の意味がわからなかったが、迫力がすごすぎて聞くことはできなかった。

個性を生かした充実した稽古が続き、ついにインカレが三日後に迫った。最後の稽古。もちろん稽古には私を含めて全員揃っている。気合は充分かに思われたが、全然稽古が始まらない。

「稽古しないんですか？」

わたしがしびれを切らして聞いてみると、

「おいしいものは本番にとっておかないといけなくて。自分の特性を生かした相撲の動きを当たり前にするくらい、稽古はしてきました。だからこそ、最後に禁欲状態にするのです。相撲を欲する体にするのです。だからリラックスしながら、いつもの準備運動とか基礎練習とかで流す感じになると思います」

江田はこう答えた。すると森下も続けた。

「佐藤さんのところに、伝説と呼ばれるほどの売り上げを誇る営業マンがいらっしゃって、佐藤さんがその人に極意を聞きに行きはったそうです。で、その答えは『特別なことをしない。同じセリフを同じテンションで言えるようにしているだけ』だと」

わたしは、先週の段階では、みんな独自の稽古をやっていたではないかと思ったが、彼らの追求した個性を生かした相撲をいつでも出せるようにということなのだろう。

契約を取るには気持ち的な部分が大きいようで、取れた取れないと一喜一憂していると、よかった時は、もういいかって油断が入るし、ダメだった時に、契約が今日一件も取れないかもしれないぞ、というメンタルがそのまま顔や行動に出てしまい、焦りや威圧感につながり、成功率が下がるという。だから、何も考えずに一番営業が取れるフレーズ、展開、タイミング、話すテンポ、笑顔、これを同じように営業先の人にぶつけるだけ。そうすると確率が一番上がるのだと。

これを相撲に置き換えれば、試合をいかに平常心でするか、練習場のような感覚で、過度な緊張をしないようにするかなのだそうだ。

「だから、俺は塩を必ず撒く、それをルーティンにしている。そして撒く人がほとんどいないということは、相手は塩を撒かれることは、いつもと違うペースになるわけで、ここで少し自分が有利になるわけ」

「さすが川内マン！　そこまで計算されていたとは！　そこに痺れる、憧れるぅ！」

いつものように江田が持ち上げた。

川内が塩を撒いていたのは、もともとは目立ちたいという理由だけだったことはみんな知っているが、緊張に弱いということも考慮しての褒めまくり作戦なのかもしれない。

江田はまわしに、たんぽぽを差して入場することに決めたという。平安時代、相撲《すまいの》節会《せちえ》に出場した力士が左方に葵、右方が夕顔の造花をつけて入場したという故事が花道の語源にもなったということからだそうだが、それはこじつけであった。どちらかというと、ノスタルジックな雰囲気を持たすためだという。ノスタルジックな自分たちに酔いしれる、ノスタルジックなたんぽぽが脇に生えている京大相撲部の屋外の、いつもの土俵で稽古しているかのようにするために。

たしかに京大の屋外土俵は、無数のたんぽぽが周りを囲むほどに咲いていて、京大相撲部の象徴といってもよい。稽古で相手に勝つたびにたんぽぽを見ていたのは、たんぽぽを見ることがいつもと変わらない自分を出すためのスイッチにしようとしているのだろう。みんな心身ともにインカレモードに仕上げてきているのだ。

その後、軽めの稽古が続いたあと川内が言った。

「最後にぶつかりで締めますか！」

普段の稽古も、ぶつかり稽古という片方が胸を出して、もう片方がひたすら押し続ける苦しい稽古を最後に行うのだが、わざわざ宣言なんてしない。何かあるなと思っていると、プレハブの部室から、冬井さんと苺ちゃんが出てきた。冬井さんはまわしの部分に「東大」と書かれた紙を貼って、苺ちゃんは「東大」とプリントされたTシャツを着ている。

「京大相撲部なんて屁の河童よ！　かかってらっしゃい！」

「全てにおいて劣る京大に、東大が負けるわけがない！」

二人は芝居がかった言い方で京大相撲部をディスると土俵に上がった。

情報によると、パラマストーナメント方式なので一回戦と二回戦に勝てば、三回戦で東大と当たるのが決定しているらしい。

三部リーグでの最低限の目標であるベスト4に入るためにも、また東大という全てにおいてのライバルである大学に勝つためにも、絶対に負けられない戦いになりそうだ。……それはわかるのだが、冬井さんと苺ちゃんを東大生に仕立て、陳腐な煽りをすることが最後の締めなのか。

「さあさあ、佐藤マンさんから！」

川内に呼ばれた佐藤さんは、「どうして？　どうして私からなんです？　私は大将で最後に出てくるのにどうして？」と聞きまくっている。

「佐藤マンさんは初の東大戦でしょ？　だからです」

キリッというオノマトペが聞こえてきそうな表情の川内によくわからない理由を言われた佐藤さんは、「それをどうしてって聞いているんだけどな……」とブツブツ言いながら土俵に上がった。そして、いつものようにぶつかりをして、冬井さんを押していく。何本か押したあと、押し切れなかった佐藤さんは投げられ、転ばされた。その時である。

「京大の佐藤なんてこんなもんか？　東大には向こう三〇年、歯向かうなよ！」

急に冬井さんが芝居がかった感じでキレた。

「さあ！　佐藤マン！」

川内がけしかける。すると佐藤さんは勢いよく言い返した。

「東大なんてクソくらえだ！」

その返しは正解だったらしく、またぶつかりを続け、転がされた時に東大への文句をぶちまけた。

「東大なんて地味やろうばっかりだ！」

これで佐藤さんのぶつかり稽古は終わった。

続いて川内が土俵に上がり、ぶつかる。そして転がされた時に言った。

「東大を冠にした番組ばっかりやりやがって‼　京大生集めたクイズとか、京大生集めて大御所芸人さんとトーク番組とかしろ！」

また転がされると、心の叫びがだだ漏れた。

「俺をテレビに出せ！」

何やら東大に文句と言うより、京大の名前でテレビに出られないことに対して不満を持っているようだ。

次は江田だ。ぶつかりの受け手になった苺ちゃんは、同じく押し切られずに投げて転がした時に、「全てにおいて京大は下なんだよ‼」と煽った。そこで江田は東大への憎しみをぶつけた。

「東大東大って、一番偉いみたいな顔しやがって！　京大とそう偏差値変わらんからな！　なのに東大合格何人！　当予備校から東大合格者○○人ばっかり宣伝に使いやがって」

これはほかのメンバーも同じ想いのようで、「そうだそうだ！」「偏差値なんかそう変わらんぞ！」「東大でも合格できたからな！」と、外野からも参戦した。

たしかに、東大合格者何名とかよく塾の宣伝で使っているし、東大へ合格者を出した親とか、偏差値が四〇うんちゃらから東大へ合格した人などの本は見かけるが、京大についてはあまり聞かない。

次は島崎の番だ。苺ちゃんは同じように島崎のぶつかりを受け、転がしたが、「島崎マン以外の京大生なんて、鼻くそよ！」と急に素に戻ってしまった。苺ちゃんは、やはり島崎推しだったのか。

拍子抜けした島崎であったが立ち上がり、大声ではなく感想を言うようなトーンで述べた。

「模試の偏差値はちょっと低いかもしれないけど、二次試験は東大より難しいんだ」

「そうよ！　東大は官僚養成用に作られた学校だから、いかに簡単な問題をすばやく処理するか、そういう問題が多いの。一方、京大は研究機関として日本一の大学を目指しているから、発想力を問われる難問が多いの！　だから魅力的で個性があって素敵な人が多いんだから！」

　東大役でないといけないはずの苺ちゃんは、相手が島崎だからついつい京大の味方をしてしまった。それにしても、そんなことを苺ちゃんが知っているなんて。苺ちゃんも案外高学歴なのかもしれない。そんなことを思っていると、川内が声をかけた。

「苺ちゃんマン！　苺ちゃんは、今レディーではなく『マン』なの‼」

「マン」を強調されたことで自身の役割を思い出した苺ちゃんは、次の森下の時にはちゃんと軌道修正し、

「一昨日来やがれ！　京大のオスブタども！」

　と低い声で言いながら森下を転がした。すると森下はいつものように数字を絡めて文句を連ねた。

「ノーベル賞は、数的には、江崎玲於奈さんは旧制第三高等学校……つまり今の京都大学を飛び級で卒業したあと東大に入学しているわけで、どちらの卒業生でもあるとしたら、受賞者は東大・京大で同数だし、東大は平和賞とか文学賞とかの三人を入れているのに対して、京大は全員が自然科学分野だ！　よって絶対に京大のほうが研究機関としては優秀であることが証明されているのだ！　なのに研究費は京大の一・五倍東大がもらっているって、どういうことやねん。コスパ悪いぞ！　だから、京大の

ほうが優れているという理論が証明されているんやぞ」

　長い……ぶつかり稽古の転がされたタイミングで一言だろうと思っていると、ほかの京大相撲部員は気にならないようで、みんな大きく頷いている。

「そや！　そのとおりや！　日本人として初めて受賞した湯川秀樹氏と二番目に受賞した朝永振一郎氏は学生時代からの同期。切磋琢磨しあの哲学の道を散策しながら、独創的な思考を磨いたんやで。ノーベル生理学・医学賞で日本人の第一号となった利根川進氏は東京都出身やけど、あえて京大に進学してるんやで！」

　そう川内がかぶせると、

「京大の基本理念って、一つ目に世界的に卓越した知の創造を行う。二つ目に対話を根幹として自学自習を促し、卓越した知の継承と創造的精神の涵養につとめる。三つ目に地球社会の調和ある共存に寄与する。『卓越』ってことはほかのどんな大学生よりはるかに優れるってことやから、東大よりも卓越しているってことですよね！」

　と江田も続く。ポンポン出てくる中で私も疑問に思っていたことを、どちて坊やの佐藤さんが切り込んだ。

「あのぅ……平穏で、いつもの状態にして試合に臨んだほうがいいのでは？　あまり東大を意識すると勝たなきゃいけないって緊張してしまうと思うんですが？」

「東大のことが嫌いなのがデフォルトなんで、いいんすよ。我々京大相撲部にとって東大相撲部を倒すことは、三部で優勝するより大事ですから！　こうして士気を高めて、相手を倒すイメージをしなきゃいけないのです！」

川内が鼻息荒く、説明する。

「ただ我々は、今のところ東大相撲部より戦力が揃っていないし、数値的にも弱いし、負ける確率のほうが高い。だからこそ最後は、数字ではなく気持ちでは負けないという思いが大切になる。我々は最弱と言っていい。ただ、弱いからこそ、工夫する。弱いからこそ工夫して進化をするしかないんすよ。強き者は進化しない。生物上においてもそうなんです。できるだけ脳をフル回転して工夫しないといけない。京大相撲部は弱い葦のような存在やけど、スーパー考える葦になるしかない」

「そうですよね、森下さん！　自分自身が無知であることを知っている人間は、自分自身が無知であることを知らない人間より賢い。我々は弱いことを知っている。自分たちは強いのだぞと傲慢になっている、上位リーグのずっと相撲だけやってきたようなやつに勝つには、我々は心の隙を埋めつつ、相手の心の隙を突くしかないですよね」

と江田が締めくくった。

これは「無知の知」だ。ソクラテスの問答法で「愛と正義の探究者マン事件」で「マン」の称号を使い始めた時にわたしも調べたので知っている。

彼らはいつもしょうもないことをしているが、その背景には教養がないと理解できないことが多いと感じ、わたしも家に帰ってからソクラテスやアルケーについて調べて勉強してみた。自らが発展途上だと常に意識しておくことの必要があり、そこを少しでも意識して強化して臨むしかないのだ。

立て看板に「強き者よし、弱き者更に良し」と書かれているのは、こういうことなのか。弱き者は、強き者に勝てるのであろうか。

第十一章　全国学生相撲選手権・其の壱

京大相撲部のメンバーとともに全国学生相撲選手権、通称インカレの前日に新幹線で東京へ移動して、秋葉原のホテルに泊まり、翌日の早朝から両国国技館で行われる団体戦に臨むことになっている。

私は東京に実家があるのだが、競技に集中するため、みんなと一緒のホテルに泊まることにした。ほとんどの大学の相撲部にとって、この十一月の最初の土日に行われるインカレで四年生は引退となる。川内、森下と相撲をとることも最後だと思うと、何が何でも勝利に貢献しなければと思い緊張で眠れない。自分の申し出には後悔していないつもりであったが、いざ東京に来てみるとさすがに緊張感が増してきた。あの時の自分を思い出すと身体がかあっと熱くなり、ホテルの部屋で一人体を動かすも、晩秋にしてはとても寒い日で、汗がなかなか出てこなかった。

私はニセ京大相撲部員として、明日の全国学生相撲選手権に出場する。出てもいいと決まった日からは稽古に一段と身が入り、稽古がない日も自主トレーニングを課した。私はずっとワクワクしていた。

だが、そのワクワクは京都にいる時までだった。京都には、仕事上の薄い人間関係の者が数名いるだけだったから何の不安感も湧かなかったのだが、いざ新幹線に乗り富士山が見えたあたりで、不安感が湧き始め、どんどん東京が近づくにつれて、自分の二五年間の人生がバンバンよみがえってきた。

東京で人生の大半を過ごし、たくさんの知り合いや顔見知りがいる。その誰かが見に来る可能性もある。そう思うと怖くなり、逃亡犯のような気持ちになってしまい、東京駅に降りた瞬間から周りに自分の存在がばれないように服のフードで顔を隠しながら歩いた。

すると川内と江田が、かぶっているだの、どこぞのCMだの下品なことを大声で言って、げらげら笑っている。まさかこんなふざけた二人が京大生という、いわばエリートたちだなんて誰も思わないだろう。

周りの目なんてちっとも気にしていない彼らを見て、大丈夫だ、佐藤なんて日本一多い名字だしバレることはないと、わけのわからない理屈をこねて、少し気が楽になった。

私は大将で出場する。私が試合に出ると進言した時点では選手の配置の話は頓挫していたが、その後私が正式に出ることが決まり、十月に入りインカレまであと一か月を切った日の稽古後、「ゴカンベン」にて遅い夕食を取りながら会議をした。

先鋒は明るく、ムードメーカーである江田で決まった。中堅は柔道技で意外性の一発逆転がある島崎。そして大将は一番強い相手に、一番弱い私を当てるべきだということで、私が大将ということになった。

部員たちは私を大将に据えることを一度は反対した。やはり「一番弱い者」というところに失礼を感じたようだ。私は、この遠慮に対してキレた。「何のためにニセ京大生になったのか！　勝つために必要なことをするべきだ」と。

すると、堰を切ったかのように、川内と江田が覚悟を口にした。

「最弱の佐藤マンを大将にするんやから、佐藤マンのために勝たなきゃいけない！」

「佐藤さんが大将で負けてくれるんやから、それまでに勝たなきゃいけないぞ！」

もちろん私が今最弱だということは自覚している。そして、京大相撲部のために盾になるという想いでの進言だったのだが、私だって負けることを前提に試合に臨むわけではない。試合まで短期間とはいえ、勝つためのことを徹底して繰り返し習得したつもりだ。

「私だってやることはやってきたんだ。絶対に勝って京大相撲部に勝利を届けます」

場の勢いに押されて、思わず勝利宣言をしてしまった。

私の覚悟に、苺ちゃんが感動して、

「素晴らしい。素晴らしいわ。青春よ、青春！」

と言って猛獣のような声を出して泣いた。

マネージャーの中畑さんまでもが気持ちが高まり、いつもは反目し合っている相手を称え励ました。

「苺ちゃんだって、京大相撲部のために一肌も二肌も脱いでいるじゃないの！　かっこいいよ！」

「やめてよ！　褒めないで！　泣いちゃうから。あと、かっこいいよはやめて！　せめてかわいいにして！

最初はね……目の保養に来ただけだったのよ。そしたら途中で島崎マンが入部してきて。島崎マンかわいいじゃない？　もうかわいくて、筋肉もモリモリで、素敵！ってね。でもね、見ていたら京大相撲部全体のファンになっちゃった。かわいい子みつけて、その子を追っかけていたら、アイドルグループ全体にファンになるのと一緒……島崎マンはもちろんよ。でもみんな一生懸命。何か感動しちゃって、私にできることって何かなって思ったの。

そしたらこのわがままボディ、何のためにこんなにおっきくしてきたのかなって。初めて生かせるのかしらって。ただそれだけ。あんたと一緒よ。ただ彼らにがんばってほしいだけよ。この作戦も、データ分析も、森下マンの指導はあったにしろ全てあんたがやったんでしょ？　あんただってがんばっているじゃないの！　今までごめんね。幽霊マネージャーとか、雌猫とか、阿婆擦《あばず》れとか、男漁り女とか、いろいろ言ってごめんね！」

と今度は恐竜のような大声を出して泣いた。いつもならゴカンベンの店主も早く帰れとイライラしているのに、今日ばかりは何も言わないばかりか、さらに大盛のチャーハンをサービスしてくれた。

これにより、犬猿の仲であった苺ちゃんと中畑さんは親友になったのだが、この事件を京大生は「苺畑の和約」として後世にも伝え続けることになるらしい。

苺ちゃんだけではなく、冬井さんも、中畑さんも、そして私もゴカンベンの店主さえも皆、彼らのひたむきな姿に自分を投影したいだけなのかもしれない。

そんなことも思い出し、想いと不安が駆け回り、ほとんど眠れず朝を迎えた。重たい体を起こしてカーテンを開けると、まだ外は暗かったが、窓から見える小さな空は少しずつ漆黒から光を取り戻し、青く光り始めていた。集合時間までまだ時間はあったがホテルを出て、澄んだ冷たい空気を吸って目を覚ますためにも散歩に出かけた。その足で、コンビニで朝食用のバナナやゼリー飲料を買い、戻って荷物をまとめた。

インカレの朝は早い。九時から競技が始まるので、ホテルのロビーには六時半に集合し、七時過ぎには国技館に入った。まずは京大相撲部の拠点となる場所を確保しに行った。つまりは荷物を置いておくところで、また京大相撲部関係者が集まって試合を見る場所取りでもある。すると先頭の川内は相撲が見やすそうな土俵近くには行かず、花道の上あたりの升席、数か所に荷物を置いた。

「自由席なんですよね？　それならもっと土俵近くにしたほうが見やすいのでは？」

と私は疑問をぶつけた。すると川内が、深いため息をつきながら教えてくれた。

「見てくださいよ。紙が貼ってあるんですよ」

私は土俵に近い空席を見ると、大学名が書かれた紙が置かれているのに気付いた。

「いいんですよ。一部校には勝てませんから、まあ花道上に陣取っていると、試合前この席の下を通りますから、すぐにアドバイスを送りに来てもらえますし」

観戦する側からすると少し見にくい気もするが、試合前の花道にいる時に、冬井さんやマネージャーの中畑さん、苺ちゃんからすぐにアドバイスをもらえる位置はメリットがあるので、まあいいのかもしれない。その後まわしとタオルを持って控室に移動し、まわしを巻き、奥にある稽古土俵へ行った。

もうすでに何校か来ており、稽古をしている。こちらでも一部校のどでかい連中が稽古用の土俵をすでに占拠していたので、我々三部リーグの者たちは土俵周りで四股を踏み、土俵外でぶつかりなどをしてアップするしかなかった。

「一部リーグの選手って、三部リーグ終わったあとの個人戦からだから、だいぶ先でしょ？　なぜ占拠しているのですか？」

私は小声で川内に聞いた。彼らが年下なのは確実なのだが、その体格と風貌からしてとても年下とは思えないので、私も遠慮してしまっている。

「一部校が稽古場も、観戦席も見やすい土俵周りも占拠するんですよ、毎年。まあ僕らは弱いですから、仕方ないです」

何も弱いから遠慮することはないし、強いから偉いわけでもない。しかしそんなことを言える雰囲気ではなかったし、もし言えたとしても、ひょいっと土俵外へ投げとばされそうだ。

私はもう一つ怒っていることを、江田にぶつけた。三部リーグの団体戦は早朝の九時から始まり、一時間ちょっとで三部リーグ全部の試合を終わらせ、三部リーグの団体戦の表彰式を五分程度で行ったあとの、一〇時三〇分から開会式が始まることだ。

「どういうことなの？　三部リーグの団体戦が終わったあとに開会式って、侮辱しすぎじゃないですか？」

「そう僕に言われても、僕が将来アマチュア相撲協会の偉いさんでもならん限り変えられませんよ。でもね、ほんとそうなんですよ。だから負けられないんです。三部でベスト4に入らないと、明日の二部リーグ団体戦に出られないわけです。ということは、試合に負けて全て終わったあとに開会式に出て、偉いさんのおじいさんたちの『日頃の成果を思う存分出してください』だの、『力の限りがんばってください』だの、『これから始まる取組にワクワクしている』だの長話を聞かされるのです。もうね、屈辱の極みです。なのに開会式は出ないといけない。しかも、その後の個人戦の取り組みがない者もいるのにまわしを巻いてですよ」

ここでも強いことが正義であって、弱いことは存在価値がないのだという事実をまざまざと突きつけられた感じがして自信を失いかけたので、今の私は「弱い」ことに存在価値があるのだと自分に言い聞かせ己を保った。

窮屈な稽古土俵の脇で、窮屈なアップをしていると、もう「開始式」が始まるとのことだった。先ほども言ったが、「開会式」は三部リーグの試合が終わったあとにある。「開始式」とはただ役員が整列して、三部リーグの試合開始を宣言するだけだそうだ。

京大相撲部はその開始式のすぐあとの一試合目だ。ここで負けたら朝一の九時ちょっと過ぎに全てが終わる。一回戦は西日本学生相撲選手権で負けた、あの因縁の大阪府立医科大学である。あちらも五人にそろえてきている。パンフレットを見ながら、川内が言った。

「あっちは試合出るだけで高級焼肉やってさ。まあ、こっちもすき焼きで釣ってるけどな」

「いや僕は、すき焼きで入ったわけではないですよ。すき焼き一つでここまで真剣に稽古しませんよ」

そう言い返した島崎も、気合が入っているようだ。

私の相手は前回川内が負けた「藤」という老け顔の選手だ。大阪府立医科大学のほうも、布陣を変え、大将に一番強い「藤」を据えたようだ。相手校の一番強い相手に、こちらの最弱を当てる京大の戦略がぴたりと合った。嬉しい反面、とてもドキドキする。できれば勝ちたい。大会パンフレットを見たら藤は六年生となっている。

「医学部は六年生まであるので、六年間出られるんですよね。六年もやっているとね、医大生と言えども強いですよ。身長も一八〇センチありますし、六年かけていい食べもん食べさせてもろて体重も九〇キロありますからね。しかも五浪の末に医学部合格した根性のある人らしく、二九歳だからもあるのかな、何というのかな、いやらしいっていうのか、まさに老獪ですから、立ち合い気をつけてくださいね」

川内がアドバイスをくれた。西日本学生相撲選手権で格下相手に川内が無残に負けた試合を見たとは言えず、

「そうなんですか。まさかの私より年上なんですか？　びっくりですね」

とぎこちなく答えてしまった。

老けているとは思っていたが、年上であったとはホントにびっくりだ。相手の情報

はほかの大会で見たり、対戦したりしていればある程度のことはわかる。しかし、全く対戦したことも見たこともない相手は、この大会パンフレットから察するしかないので、対戦相手の身長と体重を見ながらイメージする。大阪府立医科大学の藤以外の選手は身長も体重もごく一般的な感じのようなので、焼肉を餌に連れてこられた人たちなのだろう。

京都大学の選手一覧を見ると、明らかに身長や体重が違う。どうしてなのか聞いてみたら、身長も体重も測定がないので申告したものがそのまま載るらしく、少し身長は高め、体重は重めに書いて相手をビビらすのだそうだ。

ということは、私なんて、名前は同姓同名ではあるが、学年も身長も体重も出身高校の欄も全てが嘘である。みんな世間が知るところの進学校出身だし、私もそうなっている。もういい。ここまで来たら、気にしても仕方がない。

開始式という名の開始宣言が場内に響き、一回戦第一試合である我々の学校名がアナウンスされた。

まばらな拍手のあと、すぐに館内は静寂を取り戻した。とてもテレビで見る国技館の土俵と同じところとは思えない。私は私ではない。そして私はそれでいい。自分に言い聞かせて、みんなで入場した。江田は宣言どおり京都から持ってきたすっかり萎れたたんぽぽを、こっそりまわしに差し込んでいた。そして土俵越しに東西で両チーム横に対戦順に並ぶ。

「礼‼」

主審が館内に大声を響かせた。

入場してすぐに試合が始まる。緊張感が半端ない。間髪入れずアナウンスが入る。

「先鋒戦、東　江田君、西　二宮君」

呼ばれるとすぐに土俵に上がり、一礼して蹲踞して塵を切ると、即、対戦だ。

このスピード感は見ている者にとっては心地よいリズムだと思ったが、やっているほうからすると、もう少し待ってほしい。大相撲が土俵に上がってから、何度も仕切りを繰り返したあと、対戦する意味がわかる気がする。大相撲は見せることも大事だし、やるほうも心の準備や、徐々にテンションを上げるためにも、時間をかけるのはちょうどいいのだろうと思う。

「構えて！」

主審が声を出す。それに合わせて、両選手が腰を割って立ち合いの体勢に入る。もうあとには戻れない。

土俵下からは、江田の背中が見えるだけで表情はわからないが、背中の筋肉に力をためているように見える。

「リラックスしていけよ！」

「集中ぅ！」

「相手よく見ろよ！」

両校からかけ声が入る。私は、黙っていた。正確には黙っていたのではなく緊張で声が出なかった。

「はっきょい！」

かけ声をかき消すかのような主審の叫び声とともに、二人が衝突した。

ゴーン。

頭と頭が当たる、あの音だ。いつもの屋外とは違い、室内ではよく響く。

「あああ！　あ！」

私は声にならない声をあげた。攻めていると思うが、それがよいのかだめなのかもわからない。

「たのむ……」

そう呟いて祈っていると、江田が相手の脇に両腕を差し込み、前に前に攻めた。相手は身体を激しく動かして、その腕をどうにかしようとしているが、江田は相手の上半身に必死にしがみつきながら、前へ出ている。これはがぶり寄りというものだと思う。土俵際、もみ合いながら、崩れるように向こう側の土俵下に倒れ込んだ。

主審がじっと見ていたかと思うと、ささっとこっち側へ手刀を切るように指し示した。

「よし!!」

川内が大きな声をあげた。ほかのみんなと私も言葉にならない「おし！」みたいな言葉をそれぞれ吐き、勝ち名乗りを受けて笑顔で帰ってくる江田を迎えた。

「よくやった！　ナイス相撲！」

「緊張したああ！　よかった！　頼んます！　川内マン！」

江田は興奮しながら土俵下に駆け下りてきて、川内にハイタッチをした。川内は力強くハイタッチに応え、名前を呼ばれるといつものように土俵の端にある塩を取り、そして土俵に上がり大きく塩を撒いた。江田が勝ったことで少し余裕ができたこともあり、いつもの彼の世界観に相手の選手を呼び込んで支配した。相手は焼肉で釣られただけの選手。川内に呑み込まれている。

「はっきょい!!」

主審の声と同時に川内が頭から相手をぶちかました。その一発で勝負がほぼ決まった。上体が伸びあがってしまった相手に、もう一度頭からぶちかまし、二発で相手を土俵下へ突き落とした。強い。我々は強いのである。

一部校の相撲部員からすれば屁みたいな存在かもしれないが、その辺にいる人間にとりあえずまわしを巻かせたような者なら、突っ張り二発で倒せる。我々は一般人からするとこんなに強いのだ。

勢いに乗って、中堅の島崎は、もたつくも二丁投げという大技で相手を一回転させて土俵にたたきつけた。柔道ならきれいな一本だ。

これで三対〇。九時五分には勝敗が決まった。その後の副将戦は森下が余裕をもって土俵に上がり圧勝した。


そんな勝利に沸く明るいムードの中、私だけは緊張のピークに達していた。勝たなくていい。それはわかっている。けど勝ちたい。

「大将戦、東　佐藤君、西　藤君」

名前が呼ばれた。もうあと戻りできない。あの段を上って土俵に上がったら、すぐに相撲をとらなければならない。大きく息を吐き、歩を進めた。

「気楽にいきましょう！」

川内が大声を出して応援してくれている。頭ではわかっている。京大相撲部の勝ちは決まっているのだから気楽にいけばいいのだが、気楽になんていけない。ただ土俵に上がって一対一で真剣勝負をするという状況が怖い。死刑台に上がる時、こんな感じなのだろうか。いや死ぬわけではないとはわかっている。私は半年以上相撲と真剣に向き合ってきて、そして試合に出ると決めてからは、もっともっと真剣に稽古し、勝つことだけを考え、やってきた。初めてかもしれない、これほど真剣に取り組んだことは。人生で一番意味がないかもしれない相撲に、なぜ人生で一番真剣になったのかはまだわからない。けれど真剣にやってきた分勝ちたい。勝ちたいのだ。

土俵に上がった。礼をして、蹲踞し塵を切ったら、土俵中央に向かう。いつもより土俵が小さく感じる。そして相手はデカく感じる。

「おっさんに負けるか！」

心の中だけは強がってみた。しかし胸の鼓動の速さは増していく。

「構えて！」

主審の声が耳に響く。

「やばいやばい……」

相手の老け顔が睨んでいる。

「はっきょい!!」

主審のかけ声とともに、相手の手のひらが私の顔面にヒットした。前が見にくい。私も必死で抵抗する。まわしをつかみにいく。相手の手がまた伸びてきて、体が後退しているのがわかる。相手の手がまた私の顔をとらえたところで、攻撃が終わった。私の足が土俵を割ったのだ。負けた。三発くらい突っ張りを食らって、あっさり負けた。変化とかではなく、普通に押され、普通に負けた。

「西の勝ち」

主審が相手の藤選手に勝ち名乗りをあげる。私は、一礼をして土俵を下りた。


「すみません」

私はみんなに謝った。

「何で謝るんですか。ナイスファイト」

川内が声をかけてくれる。

「お疲れさまです」

江田がねぎらってくれる。

「ドンマイ、ドンマイ」

森下も声をかけてくれた。

「整列して！」

主審の誘導に従って、両チームが土俵下で横一列に並ぶ。相手の大阪府立医科大学の選手と対面する。藤は泣いていた。彼は六年生なので最後の試合だったのだろう。

「両チーム、合わせて……礼！」

一同合わせて礼をして、退場した。普通にやって負けた。落ち込みながら花道を引き上げる私に、花道の上から中畑が声をかけてきた。

「何で落ち込んでいるんですか。作戦どおり、作戦どおりですよ。次行きましょう」

そうだ。何を落ち込んでいるのだ。少し勝てる自信があった自分が恥ずかしい。その時に冬井さんの声も上から聞こえてきた。

「ダメです」

「え？」

「全然ダメですよ。やってきたことが何にもできていません。さあ次の対戦まで修正しましょう」

冬井さんは京都からわざわざ応援とサポートに来てくれたのだ。ありがたい。私に可能性を少しでも感じてくれているからこそ、こうしてダメ出しをしてくるのだ。

「そうだよ。今までやってきたことを思い出せるようにしておこうぜ。稽古でしたことしか本番ではできないぞ！　さあ今からでも頭の中で反芻して、少しでも意識に沁み込ませるぞ！」

川内がなぜか標準語でかっこつけたように言った。緊張からなのか、笑わそうとしてのボケなのか。どちらかわからなかったが、和んだのは確かだ。

パラマストーナメント方式なので、次の対戦相手は決まっている。我々はいったん花道上の拠点に戻り、次の対戦相手である金剛山大学の対策を練ることにした。

二回戦の相手も西日本の大学。金剛山大学は、和歌山県の山の上にある仏教系の大学である。パンフレットを見る限り、強敵だと思った。というのも相撲には段位がある。まあ段位は試験があるわけではないし、初段なんかは大会などで活躍したことを書いてお金を出せばもらえるレベルのものだと聞いたことがある。しかしその中で二段を持っている選手がいた。京大相撲部は誰も段位を持っていないし、ほかの三部リーグでも二段を持っている者は彼だけである。

「うーん。この二陣の松本っていう選手。前の西日本学生相撲選手権でも結構勝っていましたよね。出身校見たら、たしか相撲部のある学校ですよ」

江田が川内に話しかける。

「ほんまやな。二段持ってはるな。初段やなくて二段は警戒しとかんとな。というか二陣に強い選手を入れるとこは珍しいで。ということは、京大相撲部と同じ作戦なんかもしれへんで」

我々はパンフレットの選手一覧をさらに詳しく見た。そこには名前・学年・段位・身長・体重のほかに出身高校が記載されている。

私立大学の場合はスポーツ推薦で大学に入っている場合がある。三部リーグでは少ないが、大学によっては少ない枠ではあるが、相撲推薦入試枠を持っているところがあるようだ。また、経験者が大学を一般受験して相撲部の弱いところに入るパターンもたまにある。どちらに関しても相撲部がある高校はとても少ないので、パンフレットで出身高校を見れば一目瞭然だ。

「マネさん、高校はどこ？」

川内が聞いた。

「播州農業高校です」

「兵庫県の高校やな。朋徳高校とか柳川高校という強豪校があるから全国大会には出られへんけど、相撲部あるところやで。経験者か……立ち合いは警戒やな」

「全国の相撲部がある高校を把握してるんですか」

「相撲強豪校くらいは知ってましたよ、佐藤マンさん。でもこんな学校があるとは最近まで知らんかったんですよ。中畑さんが『相手のことを知って戦略を立てるべきですよ』って、全国の相撲部ある高校を調べてくれはったんすよ。ほんまマネージャー様様ですわ」

中畑は照れて何も言わずにいるが、嬉しそうだ。彼女も役に立ちたいという気持ちが最近ビンビン伝わる。そこに、明らかに場違いな、蛇柄の帽子をかぶった派手な人がやってきた。苺柄の開襟シャツに緑色のズボン。短髪で髭の小太りの……苺ちゃんだ。

「朝一の新幹線で来たのに、一回戦間に合わなかったのね？　勝ったんでしょ？　当然？」

「もちのロン！」

「ドラドラ跳満っすよ」

川内と江田がノリノリで答える。いつものメンバーが揃うと場が一気に和む。

「あのね。西日本学生相撲選手権の時の金剛山大学の試合の動画、見るぅ？」

「え！　どうしたんですか⁉　何でそんなの撮ってたんですか」

川内が驚きとともに訊ねる。

「だって、ねえ。映像に残したかった……ってのもあるけど、みんなの役に立ちたかったんだもの」

「ありがとうございます！　見ていいですか」

島崎からそう言われると、苺ちゃんは「もちろんよ！」と言って、嬉々として動画を見せてくれた。

金剛山大学のキーポイントは、やはり二陣の松本だ。体重は八〇キロほどだが、いい体をしている。川内も今回少し体重を上げてきたので、数キロしか変わらないが、川内よりいい体のように見える。立ち合いの鋭い当たりからの一気に押し切る相撲が多い。西日本学生相撲選手権では優勝した金沢情報大学の選手と対戦し負けているが、二段の実力はありそうに見えた。

副将の駒田も背は一六五センチと低めであるが、体重が八四キロあるずんぐりむっくり体型で、そこそこ動けるし、初段を持っている。そして大将の岸元は三部リーグでは珍しい一〇〇キロ超えだ。ただ、動画を見たら相撲経験者の一〇〇キロというより、一〇〇キロあるから相撲部に無理やり勧誘されたと見たほうがいいかもしれないと思った。だが体重は、三部リーグあたりでは大きな武器になる。私はまたもや戦略どおり、強い相手との対戦になったが、強い選手を二陣・副将・大将に置いていると ころを見ると、金剛山大学も次のベスト4をかけた戦いに備えての戦略なのかもしれない。


「金剛山大学って、ガチ仏教系のお坊さん養成大学やろ？」

「そうですよね。ほとんどの卒業生がお寺の住職になるはずですよ？」

江田が相槌を打っている。何かある……。

「大将の岸元ってやつ一〇〇キロって。精進料理、何回おかわりしたんやって話やで。絶対肉食ってるやろ、肉」

「そうそう佐藤マンさん、立ち合う前に『お前肉食ってるやろ？』って言うたりましょ！」

私は自然と笑顔になっている自分に気付いた。きっと、張り詰めた顔をしていたんだろう。それに気付いた川内と江田が、わざと軽い話題をつくってくれたに違いない。私は何度も「ありがとう」と心の中で呟いた。

二〇分ほどして二回戦の時間になった。アナウンスが入り、一回戦の最終組の控えとして土俵下に入った。一回戦よりは落ち着いていると思っていたが、また緊張してきた。土俵上での攻防に目を向けることさえできない。

「見ておいたほうがいいですよ。ちゃんと稽古してきたんですから、見たらほかのやつもたいしたことないって思えますから。あと、しっかりシミュレーションしながら見てください」

と島崎が言った。彼も初の試合で緊張しているはずなのに。申し訳ない。

「続いて団体戦二回戦に入ります。東　京都大学、西　金剛山大学」

いよいよ始まる。

先鋒の江田は名前が呼ばれると「はい！」と大きな声をあげ、土俵へ駆けのぼった。京大相撲部のペースにはめようとしている。

金剛山大学の先鋒の岩津という男は身長こそ高くないものの、均整の取れた身体で無駄な贅肉はない。合掌しながら土俵へ上がってきたので、本物の修行僧のように思えた。向こうも自分たちのペースを崩さないようだ。負けていない。

いつものごとく、礼をしてから蹲踞し、塵を切って、さっと両者土俵中央に進んだ。

このテンポのよさが、逆に緊張感を高める。両者が構えた。

イケイケの江田。静かな岩津。さっさと手をついて構える江田に対して、なかなか手をつかない岩津。何か嫌な予感がする。

「はっきょい!!」

その瞬間――。

「あ!!」

私は叫んだ。相手が変化したのだ。横へ体をかわされて、江田が前につんのめった。

「負けた」と一瞬思ったが、辛うじて手を土俵にはつかず耐えた。しかし、体勢を崩したところに相手が食いつき、江田は完全に横を取られてしまった。

「体まっすぐ!!」

川内が叫ぶ。そうしたいのはやまやまだと思うが、相手はぐいぐい横から押してくる。江田は半身になりながら、土俵に沿って円を描くように何とか回り込み、動きが止まった。

「息整えて!!」

「次の自分のするべき動きと、相手の行動パターン考えて!」

など、京大相撲部は具体的なかけ声なのに対して、金剛山大学は、「気合！　気合！」「いけ！　いけ！」「押せ！　押せ！」を連発しているだけだった。
相手に横に付かれるという、圧倒的に不利な体勢だがあきらめない江田。両者動かない。いや、動けないのかもしれない。
「辛抱！　辛抱！」
金剛山大学から声援が飛ぶ。京大相撲部は、具体的なイメージを促すアドバイスを送る。
「あきらめるな。この体勢での勝ちパターン一つあるよ！」
とてつもなく長く感じられる膠着の時間。両者の荒い息が会場に響く。
先に動き始めたのは江田だった。疲れ果てたのか江田が急に力を抜いたようにした
その時、ゼイゼイ言って止まっていた金剛山大学の岩津が、最後の力を振り絞るよう
に江田の身体を押した。次の瞬間、押していたはずの岩津の身体が浮く。江田は岩津
の押しの力を逆に利用して、腕を抱えて投げを打った。相手の力を利用しつつ最後の
土俵際の逆転を狙ったのだ。
うっちゃった！
どすん。
両者もつれるように土俵に落ちる。みんなが主審の手の動きに注目する。

「……西‼」

主審がさっと西土俵側に手をあげた。

ああ……最後の逆転のうっちゃりを狙うも、岩津に気合で押し切られてしまった。

「西、岩津君の勝ち」

場内アナウンスが入る。

「よっしゃ！　よっしゃ！」

「これで勝ったも同然！」

金剛山大学は大はしゃぎである。彼らは二陣、副将、大将と強めの選手を配置しているからか、強気な言葉まで出ている。

「すみません」

江田は謝りながら下りてきた。

「かまへんかまへん。あの体勢からはあの逆転の投げしか選択はなかった。勝ちパターンとしては正解やったで。あとは俺にまかせとけ！」

川内が緊張しながら言った。二陣と副将で確実に取って、あとの二つのうち一つを取るという作戦が崩れたわけではないが、相手の配置がかぶっていることもあり、やはり先鋒が負けるとずいぶん不利になったように感じてしまう。勢いに呑まれてはいけない。

「川内！　思いきりいけよ。動画を見る限り変化はない。俺らも相手が変化できんようにしたるから」

森下が川内の肩に手を置いてアドバイスした。川内は黙ってうなずき、いつものように塩を取りに行き、いつものように大きく撒いた。

森下や江田が大声で応援しながら牽制する。

「変化あるで。ていうか絶対変化くるで！」

「相手、慈悲の心ないで、変化してくるで！」

「相手の足の動き見て！　変化してくるか確かめて！」

「坊主憎けりゃ袈裟まで憎い！　変化するなよ卑怯者！」

「変化二連続はないという裏の裏読んで二連続くるよ！」

「仏の顔も三度って言うからな。二回三回は変化してくる気ぃちゃうか！」

変化、変化を連呼した。江田のかけ声はちょっとふざけているが、これでこちらが変化を意識しているのは十分伝わったので、相手は立ち合いの変化を圧倒的にしにくくなったはずだ。

苺ちゃんの動画を見ても、もともと変化をしている感じの選手ではないので、ここまで変化を意識することをアピールすると、逆に川内が立ち合い変化にビビって当たってこないと思っているに違いない。すると意識して向こうは全力でぶつかってくるはずで、こっちも全力で当たらないといけない。

「向こうも変化してくるよ」

「変化気をつけて！」

金剛山大学からも「変化」というかけ声が出た。

裏の裏をかいて、京大側が変化するのではないかと思ってくれてもいい。気持ちの面で負けたらダメな気がする。少しでも変化があると躊躇したら一気に押される。それか裏の裏の裏を読んで、ここで思いきっての変化もないとも言えない。川内の頭はどちらか一本に絞られたのだろうか。どっちにしろ中途半端だけはダメだ。金剛山大学の選手は経験者。当たるなら経験者の立ち合いの鋭さに負けないこと。ここが大きな分かれ目であることを意識させたい。

主審が待ったなしの声をかけ、構えに入る。その時、突然江田が叫んだ。

「にぶんの、いちえむぶいのじじょう！！！！」

そして両者の手が下りた。

「はっきょい‼」

ゴン！

お互いの頭と頭が当たった。川内は低く速く角度も完璧な会心の立ち合いで先手を取り、一気に相手を土俵際まで追い込んだ。

焦った相手は、捨て身の引き技を放つ。川内の身体が少しつんのめって、土俵に手がつきそうになるも、立ち合いの勢いがあったぶん、前へのスピードも上がっており、相手の引きについていくことができ、相手のまわしをつかんで自分の身体が土俵につかないように前進を続けた。

相手は為す術がなく、もう一回川内の頭を押さえて、引き技を放つ。だが、川内の突進が勝り、そのまま相手を土俵の外へ押し出した。思い描いたとおりの立ち合いからまっすぐ一直線、すなわち電車道で、あっけなく押し切ったのだ。

「東の勝ち！」

「やった！！！」

京大は大盛り上がり。これで一対一。川内は胸を張って勝ち名乗りを受けて、飛び下りるようにして走って戻ってきた。

「やったぜ！　ありがとう江田マン！」

「やりましたね！　川内マン！」

私は感動とともに、江田が叫んだことが理解できなかったので聞いた。

「やりましたね！　で、あれなんて言ったんです？」

「『$1mv^2/2$』。運動エネルギーは質量に比例し、速さの二乗に比例するっていう物理の法則のことっすよ。つまり、質量で負けていてもスピードで十分カバーできるってことです」

「助かったぜ、頭にピーンと来たよ。変化あって負けたら仕方ない。俺の相手は全力で当たらんと負けるって、直前で公式聞いて反応してスピード意識したわ。ありがとうな」

興奮して川内が早口でまくし立てる。というか物理の公式がとっさに出るところもすごいし、潜在意識に刷り込まれていて、それにピンとくることもすごいし、彼らっていつもバカみたいなことしかしていないが、本当に京大生なんだなって感心した。

「いける！　いける！」

「次！　次！」

「まだ一対一、一対一」

「余裕余裕！」

「気合気合！」

金剛山大学はまさか一方的に負けるとは思っていなかったのか、一瞬ひるんだようにも思えたが、それをかき消すように声を出して、気持ちを鼓舞しているようだった。

「中堅戦、東　島崎君、西　立野君」

「続いてくれよ、島崎マン！」

川内が島崎の背中をパーンと叩いた。彼は小さく頷くと、静かに土俵に上がった。

実際に一対一は想定内だが、ここで中堅・副将と二勝しないといけない。私が勝つ確率は低いからだ。島崎のプレッシャーは半端ないだろう。

「筋肉ですでに勝ってるよ！」

「今日も筋肉キレてるよ！」

「きゃ〜！　島崎マン素敵!!」

「背中の筋肉が鬼のようになっているぞ！」

「柔道技使うまでもないよ！」

「投げ技なんて使わないで勝っちゃいなよ！」

途中、苺ちゃんらしき声も交ざっていたが、京大はまた、江田と川内の二人が変なかけ声をしている。

島崎は柔道をやってきたので筋肉には自信がある。だからこれも、彼の潜在意識に届くようなかけ声なのだろうか。柔道技を使うまでもない！　と言ってしまうと、柔道技使いだということを相手に暴露しているようなものだが、大丈夫だろうか。

私はかけ声が思いつかなかった。何を言ってもプレッシャーになってしまうような気がして、心の中で叫び続けていた。お願いします、勝ってください……と。

主審がコールする。

「構えて……はっきょい!!」

鋭い立ち合いは島崎のほうだ。相手は立ち合い一発で上体が起きてしまい、島崎は伸びあがった相手の懐にすっと入って、抱え込んで持ち上げるようにして一気に土俵の外に運んだ。

「やった‼」

京大側は今日一番の盛り上がり。島崎はこちらを見て、わからない程度の小さなこぶしを作ってこっちに向けた。かっこいい。

「東、島崎君の勝ち」

「よくやった！　よくやった！　これで森下マンが勝つ！　想定内やで！」

川内が言った。

「勝つとか言うなよ。負けてもいいぞとか言ってくれよ。まあ勝つけど」

森下はそう言って土俵へ上がっていった。


「東　森下君、西　駒田初段」

初段は本当に誰でも取れるものらしいが、ここでの「君」と「初段」は差があるように感じられる。川内は「二段」に勝っているんだ。関係ないぞ、と思ってはみるもののやはり気になる。森下はそんなこと気にしていないといいが。

いつものように礼をして、土俵端で蹲踞して塵を切る。そして二人が同時に立ち上がった。相手の体重はほぼ同じくらいに表示されていたにもかかわらず、森下のほうがより大きく見えた。森下の身長が一五センチくらい高いからだ。ただ相手の駒田は低いぶん、より太っている。どっちが有利なのだろう。

主審がコールする。

「構えて……はっきょい!!」

バチーン。

肉と肉が当たった音がした。森下の背が高いせいなのか、相手が下からぐいぐい攻めている。我々の目の前の、東側土俵際に押されてくるまであっという間だ。土俵下から見ているので、どんどん森下の背中が大きくなる。やばい。

「まわし！　まわし！　まわし!!」

川内が森下の右手が見えるところに移動して、叫ぶ。相手の動きは遅いが、一発一発が重い気がする。森下の足が俵にかかった。森下の身体が伸びあがる。相手は下から森下の首元を押し上げようとして、身体も伸びあがっている。

「まわし……取った!!」

川内が叫んだ。森下の手がまわしにかかったようだ。それでも相手の駒田は休まずぐいぐい押し上げてくる。

「たのむ。耐えてくれ……」

私は祈った。

森下は右上手をしっかり握り、俵に足をかけ、必死で押しに耐えている。耐久パチンコ相撲だ。勝つ確率を最大限に考慮した、彼が作り上げた血中酸素濃度を考えた相撲。

下手に投げを打ったり、回り込もうとしたりしない。とにかく足を俵にかけ、上手で相手の力を少しでも逃がし、耐えて相手の体力を奪う。それに専念し、相手が疲れて反撃する力がなくなってから攻め返す。

一分は経過しただろうか。すると金剛山大学の駒田の顎が上がり、

「あぼえ!!」

という、何だかよくわからない大きな息ともかけ声ともつかない音をあげて、駒田の動きが止まった。ゼイゼイと全身で息をしている。力を出し尽くしたのだ。といっても、森下も同じく耐えることに力を使っていたので、彼もゼイゼイ言っている。

両者動かない。会場にいる少ない観客から拍手が起こった。いい相撲にはこうして拍手が自然と起こる。

先に動いたのは、森下だった。まわしを引きつけ、胸を急に前に押し出した。それに驚いた駒田があせって押し返した瞬間。

ゴロン!

大きなずんぐりむっくりの駒田が土俵上で転がった。見事な出し投げだ。一本のまわしが命綱になった。あれが取れなかったらやばかった。

森下が下りてきて、みんなとハイタッチをした。

「あぶねえ」

満面の笑みで息を大きく吐きながら言った。相当体力を使ったようだ。

「出ましたね！　耐久パチンコ相撲」

江田が嬉しそうに言う。焦らずに待つ。どれだけ窮地に立とうが、動かない。そして相手が体力を失い勝機が見えたところで、一度押し込んでフェイントをかけ、相手が焦って押し返してくるところをパチンコ台のハンドルをひねるように投げる。そう、これが彼の耐久パチンコ相撲だ。

これで三対一。またしても私の前で勝利が決まった。

「気楽にいきましょう！」

「一〇〇キロですから、怪我しないように！」

わかっている、自分からこの役目に名乗り出たわけだから。計算どおり。ただやはり勝ちたい。次の戦いはより強い相手になるだろうし、二対二でまわってくる可能性も高い。そうなる前に一度勝って勢いをつけたいのだ。

「大将戦、東　佐藤君、西　岸元君」

呼ばれた。また緊張で自分が自分でないような感覚になりながらも、土俵に上がる。

相手は一〇〇キロあるが、脚は細い。これは相撲をしてからわかったことだが、相撲をしている人は、太ももが太く山みたいな体型になり、ただ太っている人は下半身が細く、ひし形みたいな体型になるのだ。彼はひし形だ。相撲取り体型ではない。勝てる！　勝てるぞ。

お互いに礼をしたあと、蹲踞をして塵を切ると、土俵中央に進む。そこで蹲踞をもう一度したあと、主審の「構えて」の声で、お互い戦闘態勢に入る。デカイ。一〇〇キロは恐怖だ。

「紅の……だぞ！　大丈夫だ！」

江田は多くの人が想像できるひと言をカットしたかけ声をした。きっと、いろいろと配慮したのだろう。だが私は、それだけでわかった。やはり向こうは素人だ。

相手は強烈に私を睨みつけている。負けるか……紅野郎に。

「はっきょい！」

手をついた瞬間に、主審が叫ぶ。頭が整理できていないぶん、一瞬立ち合いが遅れ、相手の突進をまともに受けてしまった。私は押し込まれた。しかし、稽古で森下や苺ちゃんの突進を受け続けてきたことにより、何とか土俵際で踏みとどまった。

「まわし……」

私は右手を伸ばして相手のまわしを探った。しかし、相手は一〇〇キロの巨漢。肉が邪魔してまわしが遠い。

「まわし！」

森下の時のように川内が土俵下から覗き込んで、叫ぶ。

まわしまで、数センチ。あと少し。あと少し手を伸ばせば、まわしに手がかかる。相手は私の脇に太い腕を差し込んで体全体で押し込んでくる。その腕を上から挟みつけるようにして絞りながら、相手のまわしに少しずつ手を伸ばした。その時、まわしの布に手がかかったのがわかった。

「よし！」

と思いまわしを引きつけた時、相手の圧力とともに自分のほうに相手を呼び込んでしまった。しまったと思った時には、私は土俵を割っていた。私は計算どおりに、大きく強い相手に圧倒されて負けた。

「三対二をもちまして、東　京都大学の勝ち」

アナウンスが入り、礼をして控室に戻るとみんなが迎えてくれた。

「よし！　あと一つ、とにかく勝とう！　東京大学！　永遠のライバルにここで勝つ！」

川内はテンションが上がり、周りにほかの大学がいるのに大声で言った。この一戦が全て。ここで勝たないと、三位以上の入賞が果たせないだけでなく、明日の二部リーグにも参加できず、今日で終わる。絶対に勝ちたい。

東京大学と京都大学は何かにつけてライバル関係にあり、張り合ってきている。相撲もそうらしいが、ここ数年は完全にあちらに軍配があがっているようだ。だから余計に打倒東大に燃えている。ようやく戦えるところまではきた。

そんな中、私は二回とも完敗した。計算どおりではあるが、どんどん相手は強くなるわけで、東大に勝てる気がしない。私はみんなに謝った。

「申し訳ない。何のためにもなっていない」

江田が慰めてくれる。

「そんなことないですよ。作戦ですから」

「そんなことあるよ。これなら私の枠を不戦敗にしていても、結果は一緒だったわけでしょ」

私は完全に拗ねてしまっていた。自分でもかっこ悪い拗ね方だとわかっている。だけど次も勝てる気がしないからだ。すると江田が全然違う話をした。

「前に佐藤マンさんにいろいろ聞かれて、目的を持たずして相撲をとってもいいって話したじゃないですか」

「ああ……したね」

「僕は哲学科なんですが、実存主義でいいと思うんです。実存主義とは簡単にまとめると、『普遍的・必然的な本質存在に相対する、個別的・偶然的な現実存在の優越を主張、もしくは優越となっている現実の世界を肯定して、それとのかかわりについて考察する思想』です」

「え？　まじで全然わからない」

　それでも江田は続けた。

「もっとわかりやすく言いますね。実存主義とは、『人間は本質のまえに存在する』ということです。たとえば相撲の稽古で水を飲む時に使う柄杓は、『液体をすくうため』に存在します。『そのものがある存在理由や目的』みたいなものを『本質』と捉えていただければ、わかりやすいかもしれません。その『本質』がなく人間って存在するよねってことが、実存主義の基本的な考え方です。つまり僕たちは『目的』を持たずに生まれる。そういうことです」

　何となく言葉の意味はわかったが、なぜそんな話をするかはわからなかった。

「どうしてそんな話を？」

「簡単に言うと、歩いたあとに道ができるということ。合理的に最短距離で答えに突き進んだ時、その地点に行くということだけなら正しいかもしれない。しかし、最短最速をめざすために、見なかったり見えなかったり、知らないことも増える。無駄な寄り道や無駄な時間は、ほかの産物を生み出す。寄り道したほうが、より豊かな心になると思いませんか。相撲をとることで何かあとで得るものがきっとあります。俺たちのためではなく、佐藤マンさん自身のために相撲とってください」

「ああ。ありがとう」

私はそう返事をした。偉そうに京大相撲部の救世主になると勝手に立ち上がったうえ、結果を出せず、そして拗ね、年下に哲学的に励まされた。私は彼の言う実存主義を全部理解できなかったが、それ以上に「自分のためにとってほしい」、その言葉が嬉しく、そして情けなかった。

「あと佐藤マンさんも声出していきましょう！　さっき私が叫んだ物理の公式のように何か意識させることができたら、それだけで勝利に近づいたりします。勝てなくたって、ここにいてかけ声で応援しているだけで、めちゃくちゃ存在価値があるんですから。俺も佐藤マンさんを勝利に導けるような、何かいいかけ声、考えておきますね」

「ありがとう。あと少しがんばってみる」

私は少し持ち直し、江田にも何か返したいと思った。

第十二章　全国学生相撲選手権・其の弐

東京大学の布陣は我々の戦略どおりであった。先鋒・中堅・大将、つまり、一・三・五に力を分散している。

特に大将に、九五キロもあり国立大会（全国国公立大学対抗相撲大会）で優勝した大村を配置。中堅にはこれまた九〇キロ近くある多賀。そして先鋒には、六五キロ以下級で全国二位になった益山がいる。二陣の久保はたいしたことないし、副将に入っている三浦は森下より一回り身体が小さく、森下の得意な取り口の相手なようで一度も負けたことはないらしい。

ということは、先鋒の益山戦にかかっていると言っていい。江田はインカレに合わせてしっかり身体を作ってきたので、今は八〇キロを超えている。いかに六五キロ以下級で全国二位とは言え、体重差一五キロは勝機に値する。

みんな自分のテーマに沿って、しっかり準備運動を行った。江田は相手が小さいので、潜られたら叩くこと。相手を起こせたら胸を合わせて力で押し切る。この動作を繰り返した。川内は立ち合いの動きを何度も確認していた。立ち合いがハマれば流れで勝てるからだ。

そんな中、中堅の島崎が柔道の投げのような動作をしていて気になったので、訊ねてみた。

「さっきの金剛山大学戦は作戦どおり、川内さんたちのかけ声で相手に『柔道使い』っていうことを意識させたうえで、しっかり『相撲』をとって勝てたんです。柔道って立ち合いないじゃないですか？　だから、相手に立ち合いの当たりはないだろうという意識の隙をつくらせ、「相撲」でしっかり勝った。この相撲を、次の対戦相手の東大は見ていたはずなんです。今度の相手は僕よりずいぶんでかい。絶対相撲では勝てない。だから今度は『相撲』を意識させて、柔道での一発逆転を狙います」

なるほど。彼が豪快な投げで勝ってくれるような気がした。森下は目をつぶって精神統一をしているようだ。もしかしたら先ほどの金剛山大学戦の疲労がたまっていて、休むことに集中しているのかもしれない。

私も今回こそ二対二でまわってくる可能性が高いと思っている。冬井さんと苺ちゃんに相手をしてもらい、最後の最後まで自分が意識すべきことを入念に確認した。そして、ついに名前が呼ばれた。

「控えに、東　京都大学、西　東京大学、お入りください」

土俵の下で一つ前の試合を見つつ待つ。目の前で行われている他大学の大将が九五キロあるので、彼を東大の大村と想定してしっかりイメージを持つようにと冬井に言われた。一つ前の団体戦は五対〇であっけなく終わった。

「これより三回戦に入ります。東　京都大学、西　東京大学」

「おお！」

なぜか会場が沸く。はやり世間的にも京大と東大とはライバルにあることが周知されているのだ。東大に勝ったらベスト4。そうすれば最低の目標に達することができ、明日の二部リーグの試合にも参加できる。何としても勝ちたい。勝たなくてはならない。今まで以上に緊張し、自分が自分でないみたいだ。

「どうせやったら、西に京大、東に東大にしてほしかったな。ややこしいわ」

江田は案外余裕があるのか。初戦の江田にかかってる。頼む、江田……でもあれを今回も持ってきていないところをみると、緊張しているのか。

「俺も西に京大、東に東大がいいと思っててん。先に言われたの悔しいわ」

川内もいつもの川内だ。いい緊張感がありながら、いつもの京大の雰囲気だ。

「先鋒戦、東　江田君、西　益山君」

アナウンスが入る。私は意を決して江田に近づいた。

「あっ……ちょっとこれ」

「何ですか」

「朝ホテルの周りを探したんだけど、朝早すぎてさすがに咲いてるたんぽぽはなかった。閉じたたんぽぽだけど、萎れたたんぽぽダメになったよね？」

「え？　よう探しましたね。京都から持ってきたやつ、しなしなになって二回戦たんぽぽ持って入らんかったんすよ。ありがとうございます」

「京大！　早く！」

審判が声をかける。

江田は大きな声で「はい！」と返事をして、土俵に駆け上がった。いつもの元気で明るい江田が戻った気がする。たんぽぽが咲くあのボロボロの土俵で、いつものように緊張せず実力が出せますように。先に土俵に上がって待たされた東大の益山は、表情が曇っているようにも見えた。完全に京大のペースだ。

土俵中央で二人が構え、顔を合わせる。背中越しで江田の表情はわからないが、相手の顔を見るとどんどん赤くなる。江田が挑発しているのだろうか、相手は睨みつけるような目つきになってきている。

「はっきょい!!」

当たった。小さい益山は背中を丸めさらに小さくなると、弾丸のように突進してきた。低い。低く江田の懐に入り込んで下から突き上げる。

　江田の身体が後ろに飛ばされる。やばい。完全に立ち合い負けして、そのまま押し込まれている。いや、江田が押されているのではない。益山の鋭い当たりを利用して自ら後ろに飛んでいるのだ。

　江田は益山の頭を押さえ、弾丸の突進をまるでマタドールのようにひょいっとかわして地面に這わせた。

「やった!!!!」

「おお!!!!!」

　京大側だけでなく、会場からも大きな歓声が上がった。江田が土俵下へスキップをするかのようなリズムで駆け下りてきた。

「やりましたよ!　おれ!　やりました!」

「やってくれたな!!」

「頼みます!　川内マン!　いつもどおりの、たんぽぽが脇に咲いている土俵やと思って!」

　と言って、さっき私が見せたへなへなになって閉じたたんぽぽを拾いあげて、川内に差し出した。

「まかせとけ!」

川内はたんぽぽをぎゅっと握るといつものように塩を取りに行き、塩を撒いた。だが空中で舞う塩の量が多い……と思ったら、何と対戦相手である東大の久保も塩を撒いたのだ。

「おお‼」

会場からどよめきが起こる。

「川内マンのペース！　そのまま勝っちゃいましょう！」

と江田が叫ぶ。

「いいよ！　自分の相撲！　自分の相撲！」

と私も叫んだ。ここで勝ってくれると大きい。頼む……勝ってくれ。

「はっきょい‼」

バチーン！

両者が体当たりをしたので、お互いの身体が当たる大きな音が館内に響いた。

立ち合いは互角か。いや川内のほうが少し押し勝ったようで、二の矢の突っ張りがすぐに出て、回転よく相手の胸を交互に突っ張り、どんどん前に出た。土俵際まで追い詰め、相手の身体がのけ反り、胸をあとひと突きすれば土俵の外に押し出せる。

みんなが勝ったと思った瞬間、何と東大の久保が自分の胸元に突きつけられている川内の右手を両手で持ち、そこを支点に大きく体を開いた。捨て身の突き落としである。

川内は手はつかなかったものの、もう一押しという土俵際まで来ていた手前、目の前にいた相手がいなくなり、今度は川内が土俵際に入れ替わってしまった。

すかさず久保は土俵際の川内めがけて突進してくる。負けた……と思ったら、今度は川内が突いてきた相手の腕を手繰り、身体を入れ替えて、そのまま土俵外に突き飛ばした。ギリギリの勝利だった。

「計算どおり‼」

江田はそう叫んだ。

「計算どおり‼」

意気揚々と土俵下に下りてきた川内も、江田に呼応するように叫んだあと、言葉を続けた。

「負ける特訓してきてよかったぜ。負けそうな体勢の時にどういう行動をとれば逆転ができるか、何度もわざと土俵際に追い込まれて負け際の練習をしてきたからな。ホント計算どおりだぜ！」

「しかも相手が塩撒いてくれましたものね。相手にしたら塩を撒くというのは、いつもと違う行為。自分のペースではないということです。完全にこっちの挑発に乗ってしまって墓穴を掘ったということですから、ここも計算どおりっすね！　川内マン！

さすがっす！」

江田も興奮して応えた。

なるほど。こちらのペースで相撲がとれている京大は、完全に計算どおりだ。これは勝てる。勝てるぞ。

「もう勝っちゃってください。ぶん投げてください」

江田が声をかけ、中堅の島崎をノリノリで送り出した。対する東大はもちろん諦めていない。

「ここから三タテ！　三タテ！　残りは弱いぞ！」

たしかに残りの私は弱い。けれども二人のうち一人が勝てばいいし、副将の森下がいる。大丈夫に決まっている。

「柔道技使わなくてもいいぞ！　勝てるぞ！」

「柔道技で締めちゃえ!!」

ここは、相撲を意識させるかけ声じゃなかったっけ？　と私は思ったが、ここまで来たらあまり変わらないかもしれない。

「締めろ！　締め上げろ！」

私は一緒になって叫んだ。二人が土俵中央で構えて主審の声を待つ。

「はっきょい!!」

どうしたのだ、二人とも当たらずに見合って止まっている。

「はっきょい！！！！！」

主審は二回目の声をあげた。それでも動かない。相手も柔道に警戒して見てきた。島崎のほうも隙を見てまわしをつかむため当たらなかったようだ。お互いボクシングのジャブのように手を出している。これはただの牽制で、全く力がお互いに入っていない。次の動作。どちらがどう動くかで勝敗が決まりそうだ。と思った瞬間、相手の腕を島崎がつかんだ。つかんだと思うとそれを手繰って自分のほうに引き込むようにして相手の横に付いた。

「よし！」

京大のみんながそう叫んだ次の瞬間――。

「ギャー!!」

両国国技館に断末魔の叫びが響いた。苺ちゃんの声だ。それと同時に予期せぬことが起こった。投げたのだ。島崎ではなく、東大の多賀のほうが。

多賀は横に付いた島崎をそのまま腰にのせて、巻き込むように投げた。向こうも柔道を使えたとは……。

腕を打ったのか、島崎は腕を押さえて土俵を下りてきた。

「すみません」

「かまへんよ。大丈夫。ここまで全く想定どおりや。森下が勝ってくれるから」

「川内、それを言うなって。まあ勝ってくるけどな」

いつものようにかっこよく土俵へ上がった。大丈夫。これで勝ってベスト4を決めてくれる。そう願うしかなかった。もし、もし二対二でまわってきた場合、私が勝てる確率はゼロに等しい。

「勝てるよ！　勝てるよ！」

「がつんと勝っちゃおう」

川内たちのかけ声はいつもと違い、京大らしくない抽象的なものになっている。勝ってくれ。頼むから勝ってくれ。追い込まれてそう願う思いが出ているのだろう。

そんな中、後ろの客席まで回り込んだ冬井が私に声をかけてきた。

「二対二でまわる可能性はあります。四股と最後のイメージトレーニング忘れずに」

私の中で緊張感がピークに達した。


「はっきょい！！！！！」

立ち合い押され気味の森下。しかし身長の高い森下はいつもこうで、上体が起きつつも、長い手を駆使してまわしをつかみ、勝機を見て攻め返す。それが彼のパターンだ。だから、土俵際まで追い込まれても大丈夫なはずだった。

「右のまわし！　もう少し下！　まわしつかんで！　あ！」

川内が叫んだ。一瞬時が止まった気がした。実際、森下の動きも止まったから余計にそう思えたのかもしれない。足が出たのだ。まわしをつかむ前に、土俵の外に足が出たのだ。耐えて勝つ相撲をとる前に、押し切られてしまった。

沸き立つ東大。もう勝利を確信したように大騒ぎである。一方、京大は静まり返ってしまった。森下がゆっくり土俵を下りてきた。

「みんなすまん……ほんま……すまん」

森下は泣きそうな顔で言った。恐れていた二対二で私にまわってくるというシチュエーション。彼らのがんばりに応えたい。彼に恩返しをしたい。勝ちたい。しかし、どう考えても勝てる相手ではない。勝ちたい思いと絶望的な戦力差を考えると、余計に緊張した。

名前が呼ばれた。呼ばれたのに足が前に出ない。見かねた川内が、私の背中に張手をした。

「ファイト！　あとは気合！　負けてもともと！」

それに続き、島崎も背中に張手をして、続いて森下が無言で両手を振りかぶって会場に響きわたる張手を背中にした。江田は何か考え込んでいる。

「京大！　早く！」

審判が促す。そうだ俺は、京大だ。京大生ではないのに、京大の命運がかかった一戦に向かう。みんな負けていいって言う。大将にきた時点で二対二の試合は負けと考えていい戦略なのはわかっている。わかっているが、勝ちたい。みんな言わないが、勝ってほしいという気持ちが伝わる。

土俵に上がり、対戦相手と目が合って、礼をした。

「ファイト！　気合！」

「集中！　いけるよ！　勝ったも同然よ！」

「相手の変化だけ気をつけて！　絶対勝てるよ！」

東大側からは余裕のかけ声が聞こえてくる。

京大側からも負けじと応援の声が飛ぶ。

「自分のための自分の相撲」

「実存主義！　実存感じたらそれでええやん！」

実存主義。自分のために。江田がよくわからんことを言って慰めてくれたなあっと思って土俵中央に歩いていくと、

「たんぽぽ！　ノスタルジア！」

江田の声が頭に響き、こだました。いつもの土俵で相撲をとっているかのようにと、たんぽぽをまわしに差して入場した江田。晩秋にはあまり咲いていないたんぽぽを持

ってこられていないかもしれないと、私も早朝から探し回ったたんぽぽ。江田のスイッチでもあるけれど、私のスイッチでもあったようだ。ノスタルジックないつもの京大相撲部での稽古を思い出すなあ……。


足元は国技館の土俵ではなく凸凹があるボロボロの京大の土俵。

右手奥にはボロボロの京大のプレハブの部室。

脇にはたんぽぽがやたらと生えて咲き誇っている。

水道から無理やりホースで作ったシャワー。

ボロボロのバケツと柄杓。

土俵の周りには泥だらけの部員たちがケラケラ笑っている。

いつもの京大相撲部。

相手はいつも勝てない川内。


ではない……相手は緊張を噛み殺そうと歯を食いしばり、私を殺す勢いで睨んでいる。

「はっきょい！」

審判の声がしたと思った瞬間、その顔が大きくこちらへ飛んできた。

ごん！！！

頭と頭がぶつかり、そして相手の腕が私の顔をめがけて伸びてくる。わけもわからないまま、痛みが体に伝わり、たぶん押されている。そして、それがもうあとがないことも何となくわかった。

「ノスタルジア!!」

江田だけではなく川内も島崎も森下の声も、苺ちゃんも冬井さんも畑中さんの声も合わさった大声が聞こえた。

〝我々はこんな相撲になんで躍起になっているのかね。

こんな前近代的で無意味なことに、一生懸命なんだろうね〟

こんなことを考える時間はないはずなのに、土俵際でこの一文が頭によぎったのだ。たぶん何度も何度も繰り返し、考え、反芻し、それが一つの塊になるまで考えたことだったから、塊として一文が頭によぎったのだろう。

足が俵に触れた。あと数センチ押されたら負ける。相手の腕が私の喉元を捉え顎が上がり、顔と上半身がのけ反った次の瞬間、光が目に入った。

「へえ。国技館の土俵の上の吊り天井の中って、こんなにライトがいっぱいあるんだ」

私は光に包まれたいつもの京大相撲部の土俵にいた。

夢か？　現実か？

「強くなりたいです。どうしたら強くなれますか」

私は、冬井に相談していた。

「まあ三年稽古したら強くなれますよ。ちゃんと」

「いえ、今すぐ強くなりたいのです。出るからには勝ちたいですから」

冬井は少し間を置いてから、言った。

「強くすることは短期間でできませんが、勝てる確率を上げることなら……」

すると、森下を呼んできた。

「勝てるようになりたいんやって」

「確率なら上げられますね。まあやってみますか……」と言って、今度は苺ちゃんを呼んだ。

何とも頼りないように思えたが、彼らの特訓が始まり、私を勝てる体に変えてくれた。

いつもの自由な相撲をとる稽古とは別に、彼らが作ってくれたのだ。それが必出技。必殺技ではない。必ず出る技と書いて、必出技である。必出技とは造語なのだが、このパターンがきたらこう体を反応させる。こういう体勢になったらこう投げるなど、私が陥りそうな体勢を考え、その体勢ごとに対処法を体に覚えさせ、繰り返し繰り返し、脳で考えるのではなく必ず出るまで繰り返された。

島崎は柔道の打ち込みのようなものと言った。江田は受験勉強のようなものと言った。私は比較的上半身が柔らかく反り腰になれる体質なようなのと、足が短いというところから、相手に攻められ顎が上がるほど反った場合に、相手を腰にのせてうっちゃって勝つ。私はこの体勢を何度も繰り返し、一人でも繰り返してきた。

今日もこの稽古を土俵下で繰り返しさせてもらっている。苺ちゃんすみません、いつも相手になってもらって。いつものように喉元を押してもらっていいですか、反ったら腰にのせますので。いや違います。顔を張らないでください。痛い！　苺ちゃん、なぜ顔を張るのですか。痛い！　苺ちゃん！　苺ちゃんマンさん！　苺ちゃんマンレディーさん!!　って、痛い！　痛いって！

マネージャーのわたしやＯＢ関係者たちは、花道上の枡《ます》席を京大相撲部の関係者の陣地とし、そこから試合を見ていた。土俵際、佐藤さんの捨て身のうっちゃりでもつれながら、土俵の下に二人とも転落した。主審はじっと見て迷ってから、東側に手を挙げた。

「東？　東大？　いや東なのに西の京大やから？　まじで⁉」

「うそでしょ？　勝ったの？　勝ったんですか？」

わたしは大興奮で喜び、苺ちゃんと抱き合った。だが、土俵のほうは何やら変だ。土俵の下の大きな旗を持ったおじさんたちが土俵の上に上がっていく。だれかが赤い旗をあげて、物言いをつけたようだ。

「いやあ！！！！」

苺ちゃんが叫び声をあげた。東大の大村は立ち上がったのだが、佐藤さんは倒れたままぐったりしている。

やばい！　バレる！

佐藤さんには申し訳ないが、最初に頭に浮かんだのはそっちだ。救急車を呼ばれ、付き添いで協会の人が来たら絶対に替え玉がバレる。

わたしがおろおろしていると、苺ちゃんが、

「あんにゃろ！」

と怒りの声を発し、私を突き飛ばし、土俵下へ駆け下りて行ってしまった。仇を討とうとしているのか？　東大側に向かっている。

「ダメ!!」

わたしは叫んだ。その叫び声を察知してなのか、猛スピードで下ってきた苺ちゃんを島崎が、がっちりともろざしで受け止めた。かと思った瞬間投げ飛ばした。見事なすくい投げ。そして川内も苺ちゃんを押さえ込む。土俵下に倒れた佐藤さんには、「起きろ！　寝たら死ぬぞ！」と森下がビンタしながら叫んでいる。

カオスだ。

「アホ！　寝たら死ぬのは冬山や！　頭打って気絶してる時にビンタなんてすんな！！！」

横にいた京大のＯＢが叫ぶ。そうだ、このＯＢはすき焼きの時に医者と言っていた人だ。わたしは医者のＯＢ手を取り、懇願した。

「お願いです。下に一緒に下りてください！」

「よっしゃ！　いこ！」

医者のOBをうまく使い、相撲協会の人を救急車に乗せないようにしよう。とにかく、この人に動いてもらうしかない。そう思っての行動だった。

土俵下に着くと、担架が運ばれてきていて、この大会に帯同していた医者が佐藤さんに声をかけていた。反応がない。そこに医者のOBが名乗り出た。

「京大の青山です。あとはOBの僕が担当する。ありがとう」

すると、先にいた医者は驚いた顔で「青山先生！」と言い、背筋を伸ばした。どうやらOBの青山さんはエラいお医者さんっぽい。さすが京大。救急車が到着すると青山先生が仕切って、マネージャーのわたしと、青山先生と、なぜか冬井さんと苺ちゃんが救急車に乗った。協会関係者の人も、青山先生がいるから安心だと感じたのか乗ってはこなかった。青山先生は、わたしと土俵下に行くまでの少しの会話で何となく状況を理解してくれたようで、近くにいる身内？　を無理やり救急車に乗せ、部外者をうまく排除してくれたのだ。

目が覚めた。夢を見ていたようだ。稽古をしている夢。それにしても全身が痛い。ここはどこだ。家ではない気がする。天井がやけに高い。

「おおお、気がついたぞ」

オッサンの声がする。

「よかった」

マネージャーの中畑さんもいるのか？

「生き返った！　あああああ死んだかと思ったぁああ！　バカバカ！」

泣き叫んでいるのは、苺ちゃんか？

「気がつきましたね」

冬井さんも声をかけてくれた。

「冬井さん。ここどこですか？」

「病室」

あれ？　私は相撲をとりに国技館にいたんじゃなかったっけ。

相撲もとった?……とった!　二対二で私にまわってきた。あれも夢?　いや現実だ。

そうだ、私は必出技でうっちゃったのだ。そして土俵下に落ちたんだ。そこで記憶が途切れている。

「私は、どうなりましたか?」

怖いが中畑に聞いてみた。

「頭から落ちたんです」

「それは今思い出しました。相撲のほうです」

「がんばったよね!　あんだけ一緒に練習したんですもの。あれが炸裂するなんて」

「苺ちゃん、がんばったとか、どうでもいいんです。てことは……負けたのですか」

「そうね。負けたみたい」

負けた。私が負けたということは、京大相撲部の敗退。

「私はね!　負けたなんて思っていないわよ!　絶対に勝ってた!　倒れちゃったからそのままあっちの勝ちにしたのよ!　悔しい!」

苺ちゃんが一番泣いている。

「いい相撲やったよ」

冬井さんが褒めてくれた。

涙があふれた。私は大人になって初めて声を出して泣いた。

ここで勝利していたとしても、人生の何かが変わるのか。変わらないだろう。勝っても少し褒められるだけ。ちょっと優越感を得られるだけ。明日も相撲を少しとれるだけ。なのにめちゃくちゃ悔しい。京大の相撲部のみんなに会わせる顔がない。結局、私は何の役にも立たなかったのだ。

京大相撲部のみんなはその後、開会式に出たそうだ。関係者の開会式の挨拶で「白熱の試合を期待しています」という言葉に、川内が小さくこうつぶやいたという。

「白熱の試合は、もう終わったんや」

エピローグ

私は約十年ぶりに、ここ京都に帰ってきた。あの激闘のあと、出していた異動願いが急に通り、東京勤務が決まり、年内には東京へ戻ってしまった。私の東京へ戻りたいという願いを、神様はちゃんと聞いてくれてしまったのだ。その後、川内は単位を落とし、留年し、島崎も予定どおり二年留年し、四年間相撲をとったそうだ。あの時京都で毎日のように相撲をとっていたのに、その後一度もまわしを締めていないし、大相撲さえほとんど見ていない。

だが、あの一年ほどの出来事を私は片時も忘れたことはない。そして相撲だけに全てを注いだにもかかわらず、一勝もできなかったが、後悔はない。京大相撲部のおかげで、自分は中身がないダサい男ではなくなったと思っている。今、無駄なことからも、苦しいことからも逃げないでいられるのは、相撲のおかげだ。相撲を経験したからこそ自分は大きく成長し、仕事もうまくいき始めたのだろう。といっても今は出世がどうこうということも意識はしていない。自分が面白ければいい、自分が納得できたらそれでいいと思っている。これも「自信を持てる自分になりたい」という願いを神様が聞いてくださったからかもしれない。

もう、京大相撲部に知っているメンバーは誰もいない。私はドキドキしながら京大相撲部がある土俵へ向かっている。

丸太町駅に着いたら、駅の雰囲気も、降りて地上に出た感じも、少し北へ進み近衛通りを曲がっても、周りの建物も雰囲気もまったく変わっていなかった。

しかし京大相撲部の入り口の門まで来たら、違和感を覚えた。ここから見える土俵がないのだ。ボロボロのプレハブ小屋もない。よく見ると、奥にあったテニスコートのあたりに新しくきれいな大きな白いプレハブの建物が建っていた。

プレハブに近づいて窓から覗くと、中に土俵がある。時は経ち、むき出しの土俵ではなく、屋根と壁がある相撲場が完成していたのだ。中では相変わらず、和やかに話し合いながら稽古をしている。

窓から眺めている私に、メガネをかけた学生が声をかけてきた。

「見学者ですか？」

「はい。いいですか？　見させてもらっても」

するとその学生は、

「わが相撲部は『去る者は追わず、来る者は拒まず』ですから、ぜひぜひ見学してください！」

と言った。入り口にまわるとタテカンが飾られており、こう書かれていた。

『君とノスタルジア』

わが相撲部は　三六五日　二十四時間　常に部員・マネージャー大大募集

来る者拒まず去る者追わず

強き者よし　弱き者更によし

そして、立て看板の脇には、たんぽぽが力強く咲いていた。

了

この物語はフィクションです。
実在する個人、団体等とは関係ありません。

文芸社文庫

京大相撲部　まったなし！　たんぽぽの咲く土俵

二〇二四年四月十五日　初版第一刷発行

著　者　希戸塚一示
発行者　瓜谷綱延
発行所　株式会社　文芸社
〒一六〇－〇〇二二
東京都新宿区新宿一－一〇－一
電話　〇三－五三六九－三〇六〇（代表）
〇三－五三六九－二二九九（販売）

印刷所　図書印刷株式会社
装幀者　三村淳

ISBN978-4-286-26015-0

[文芸社文庫　既刊本]

片瀬真唯子
甲子園でもう一度きみに逢えたら

地元を出て就職し、30代半ばを迎えた里咲は、母校が出場する甲子園に向かう。隣の席にいたおっちゃんに感化されながら、高校球児だった元恋人への切ない恋を思い出す。郷愁を誘う大人の物語。

道具小路
林檎ちゃん　体内工場奮闘記

女子高生林檎ちゃんが健康で文化的な最低限度の生活を送るため、彼女の体内では〝しなぷす〟が昼夜を問わず活動し、次々と迫る難敵と闘っている。第7回W出版賞特別賞受賞の痛快エンタメ。

文月詩織
白蛇の結び目

神聖な湖に身を投げた女によってヤノオオス公爵領にかけられた強い呪いを解くべく、神の子マガツが降り立つ。いびつにつながる運命の糸が導く先にあるものとは…。第7回W出版賞金賞受賞作。

六角光汰
太陽系時代の終わり

2270年、超高度文明の遺跡から未知の機器が発見された。宇宙進出に向けた実用化の実験中にアクシデントが…。人間とテクノロジーとの関係を描いた第1回W出版賞金賞の本格SF小説。

［文芸社文庫　既刊本］

白蔵盈太

あの日、松の廊下で

浅野内匠頭が吉良上野介を斬りつけた本当の理由とは？　二人の間に割って入った旗本・梶川与惣兵衛の視点から、松の廊下刃傷事件の真相を軽妙な文体で描く。第3回歴史文芸賞最優秀賞受賞作。

白蔵盈太

義経じゃないほうの源平合戦

打倒平家に燃え果敢に切り込んでいく義経を横目に、頼朝への報告を怠らず、兵糧を気にする自分の情けなさ…。知略家の兄・頼朝と、軍略家の弟・義経、二人の天才に挟まれた凡人、源範頼の生きる道。

白蔵盈太

桶狭間で死ぬ義元

東に北条、北に武田、西に織田という群雄割拠の乱世において、今川家を隆盛に導いた義元。制度改革を行い、古臭い家風を変え、「海道一の弓取り」と称された名将は、雨の桶狭間で最後に何を想うのか。

白蔵盈太

関ケ原よりも熱く

天下分け目の小牧・長久手

本能寺の変で急死した信長が遺した「天下統一」という概念に気づいた時、秀吉と家康はどんな行動に出るのか。腹心の部下に支えられ、知略を尽くす二人の武将の、関ケ原よりずっと熱い、真の大一番。